DE AANSLAG

D1641088

BEZIGE BIJ POCKET 100

Harry Mulisch

DE AANSLAG

Roman

1992

DE BEZIGE BIJ

AMSTERDAM

Eerste druk september 1982
1ste tot en met 21ste duizendtal
(duizend exemplaren gebonden)
Tweede druk oktober 1982
22ste tot en met 37ste duizendtal
(duizend exemplaren gebonden)
Derde druk oktober 1982
38ste tot en met 63ste duizendtal
(duizend exemplaren gebonden)
Vierde druk november 1982
64ste tot en met 83ste duizendtal
Vijfde druk december 1982
84ste tot en met 103de duizendtal
Zesde druk december 1982
104de tot en met 113de duizendtal
Zevende druk februari 1983
114de tot en met 134ste duizendtal
(duizend exemplaren gebonden)
Achtste druk februari 1983
135ste tot en met 159ste duizendtal
Negende druk maart 1983
160ste tot en met 185ste duizendtal
(duizend exemplaren gebonden)
Tiende druk juli 1983
186ste tot en met 200ste duizendtal
Elfde druk september 1983
201ste tot en met 215de duizendtal
Twaalfde druk november 1983
216de tot en met 235ste duizendtal
Dertiende druk april 1984
236ste tot en met 255ste duizendtal
(vijftienhonderd exemplaren gebonden)

Veertiende druk oktober 1984
256ste tot en met 270ste duizendtal
Vijftiende druk mei 1985
271ste tot en met 290ste duizendtal
(vijftienhonderd exemplaren gebonden)
Zestiende druk januari 1986
291ste tot en met 305de duizendtal
Zeventiende druk februari 1986
306de tot en met 320ste duizendtal
Achttiende druk maart 1986
321ste tot en met 335ste duizendtal
Negentiende druk april 1987
336ste tot en met 350ste duizendtal
(vijftienhonderd exemplaren gebonden)
Twintigste druk april 1988
351ste tot en met 365ste duizendtal
Eenentwintigste druk februari 1990
366ste tot en met 375ste duizendtal
Tweeëntwintigste druk juni 1991
376ste tot en met 383ste duizendtal
Drieëntwintigste druk (De Grote
Lijsters Wolters-Noordhoff) augustus 1991
384ste tot en met 444ste duizendtal
Vierentwintigste druk (De Grote
Lijsters Wolters-Noordhoff) september 1991
445ste tot en met 497,5de duizendtal
Vijfentwintigste druk (gebonden)
oktober 1992
497,5de tot en met 500ste duizendtal
Zesentwintigste druk (Bezige Bij
Pocket) september 1992
501ste tot en met 527,5de duizendtal

Omslag Ronald Slabbers/Leendert Stofbergen
Druk Knijnenberg bv Krommenie
ISBN 90 234 2411 5 CIP
NUGI 300

Overal was het al dag, maar hier was het nacht,
neen, meer dan nacht.

C. PLINIUS CAECILIUS SECUNDUS
Epistulae, VI, 16

Proloog

Ver, ver weg in de tweede wereldoorlog woonde een
zekere Anton Steenwijk met zijn ouders en zijn
broer aan de rand van Haarlem. Aan een kade, die
over een lengte van honderd meter langs het water
liep en dan met een flauwe bocht weer een gewone
straat werd, stonden vier huizen niet ver van elkaar.
Elk omgeven door een tuin hadden zij met hun kleine
balkons, erkers en steile daken de allure van villa's,
ofschoon zij eerder klein waren dan groot; op de
bovenverdieping hadden alle kamers schuine muren.
Zij stonden er verveloos en enigszins vervallen bij,
want ook in de jaren dertig was er niet veel meer aan
gedaan. Elk droeg een brave, burgerlijke naam uit
onbezorgder dagen:

Welgelegen   Buitenrust   Nooitgedacht   Rustenburg

Anton woonde in het tweede huis van links: dat met
het rieten dak. Het heette al zo toen zijn ouders het
kort voor de oorlog huurden; zijn vader had het
eerder 'Eleutheria' genoemd of iets dergelijks, maar
dan geschreven in griekse letters. Ook al voordat de
catastrofe plaatsvond, had Anton de naam 'Buitenrust' niet opgevat als de rust van het buitenzijn,
maar als iets dat buiten de rust was, – zoals 'buiten-
gewoon' niet op het gewone van het buitenzijn slaat
(en nog minder op het buiten wonen in het alge-

meen), maar op iets dat nu juist niet gewoon is.

In 'Welgelegen' woonden de Beumers, een gepen-
sioneerde, ziekelijke procuratiehouder met zijn
vrouw, waar hij wel eens binnenliep en dan een kop
thee met een koekje kreeg, dat zij 'kaakje' noemden,
—althans zo lang er nog thee was en koekjes waren,
en dat is voor het begin van deze geschiedenis, die de
geschiedenis van een voorval is. Soms las meneer
Beumer hem een hoofdstuk voor uit *De drie musketiers*. Meneer Korteweg, de buurman aan de andere
kant, in 'Nooitgedacht', was stuurman op de grote
vaart en door de oorlog tot nietsdoen gedwongen.
Na de dood van zijn vrouw was zijn dochter weer bij
hem ingetrokken, Karin, een verpleegster. Ook daar
kwam hij nu en dan, door een opening in de heg van
de achtertuin; Karin was altijd aardig, maar haar
vader besteedde geen aandacht aan hem. Veel ging
men niet met elkaar om op die kade, maar het meest
sloot het echtpaar Aarts zich af, dat sinds het begin
van de oorlog in 'Rustenburg' woonde. Hij scheen
iets te zijn bij een verzekeringsmaatschappij, maar
zelfs dat was niet zeker.

De vier huizen waren kennelijk bedoeld als het
begin van een nieuwe wijk, maar daar was het niet
meer van gekomen. Opzij en aan de achterkant lag
opgespoten veld, met onkruid en struiken, en ook
bomen die al niet zo jong meer waren. Daar, op die
landjes, hing Anton veel rond; ook kinderen die in de
buurt verderop woonden, speelden er. Soms, in de
late schemering, als zijn moeder vergat hem binnen
te roepen, verrees daar een geurende stilte, die hem

vervulde met verwachtingen hij wist niet waarvan. Iets met later, als hij groot was, de dingen die dan zouden gebeuren. De roerloze aarde en de bladeren. Twee mussen die plotseling tsjilpend rondscharrelden. Het leven zou zijn als zulke avonden, waarin hij vergeten werd, zo geheimzinnig en oneindig.

De klinkers van de rijweg aan de voorkant waren in een visgraatmotief gelegd. Zonder trottoir ging de straat over in de grasberm, die flauw daalde naar het jaagpad, zodat men daar aangenaam achterover kon liggen. Aan de overkant van het brede kanaal –dat alleen in zijn zachte slingering nog toonde, dat het ooit een rivier was geweest–stonden een paar landarbeidershuisjes en kleine boerderijen; daarachter strekten de weiden zich uit tot de horizon. Nog wat verder lag Amsterdam. Voor de oorlog, had zijn vader hem verteld, was 's avonds de weerschijn van de stad zichtbaar geweest tegen de wolken. Een paar keer was hij er geweest, in Artis en in het Rijksmuseum, en bij zijn oom, waar hij een nacht gelogeerd had. Rechts, in een bocht van het water, stond een molen die nooit draaide.

Als hij daar lag en in de verte staarde, moest hij soms zijn benen intrekken. Over het platgelopen jaagpad naderde dan een man, nog regelrecht afkomstig uit vroeger eeuwen: met zijn middel hing hij haaks over een meterslange stok, waarvan het andere eind vastgeklemd zat aan de voorsteven van een aak, die hij met langzame stappen door het water duwde. Aan het roer stond meestal een vrouw met een schort, het haar in een knot, terwijl een kind op het dek

9

speelde. De stok werd ook wel op een andere manier gebruikt. Dan was de man aan boord en liep over de zijkant van de aak naar voren, terwijl hij de stok achter zich aan door het water sleepte; op de voorplecht aangekomen, plantte hij hem schuin in de bodem, greep hem vast en liep terug, zodat hij de boot onder zich vandaan naar voren duwde. Dat vond Anton altijd het mooist: een man die naar achteren liep om iets naar voren te duwen, en tegelijk op dezelfde plaats bleef. Daar was iets heel raars aan de hand, maar hij sprak er met niemand over. Het was zijn geheim. Pas toen hij het later aan zijn eigen kinderen vertelde, besefte hij, in wat voor tijden hij nog had geleefd. Alleen in films over Afrika en Azië waren zulke dingen toen nog te zien.

Een paar keer per dag kwamen er tjalken langs: volgeladen gevaartes met donkerbruine zeilen, stil verschijnend om de bocht en plechtig voortgedreven door de onzichtbare wind verdwijnend in de volgende. Met de motorschepen was het anders. Stampend spleten zij met hun boeg het water tot een V, die zich uitbreidde tot hij aan beide kanten de wal bereikte: daar begon het water dan plotseling op en neer te klotsen, terwijl het schip al een heel eind verder was. Vervolgens kaatste het terug en vormde een omgekeerde V, een labda, die zich steeds verder sloot, maar nu interfereerde met de oorspronkelijke V, vervormd de tegenoverliggende wal bereikte, weer terugkaatste, tot over de hele breedte van het water een ingewikkeld vlechtwerk van golven ontstond, dat nog minutenlang allerlei veranderingen onderging, eer het ten slotte bedaarde en glad werd.

Elke keer probeerde Anton vast te stellen, hoe het zich nu precies voltrok, maar elke keer groeiden de factoren aan tot een patroon, dat hij niet meer kon overzien.

Eerste episode

1945

I

Het was avond, rond half acht. De salamander had een paar uur zacht gebrand op wat houtblokken, maar nu was hij weer koud. Met zijn ouders en Peter zat hij aan tafel in de achterkamer. Op een bord stond een zinken cylinder ter grootte van een bloempot; uit de bovenkant stak een dunne pijp, die zich splitste als een ypsilon, en uit gaatjes aan de uiteinden bliezen twee spitse, verblindend witte vlammetjes schuin tegen elkaar in. Dat instrument wierp zijn ontzielde licht door de kamer, waar in de scherpe schaduwen ook drogend wasgoed te zien was, alles herhaaldelijk versteld, keukengerei, stapeltjes ongestreken hemden, één hooikist om eten warm te houden. Ook twee soorten boeken uit zijn vaders studeerkamer: de rij op het buffet was om te lezen, de stapel romannetjes op de grond om het noodkacheltje mee aan te maken, waarop gekookt werd als er wat te koken was; kranten verschenen al sinds maanden niet meer. Behalve het slapen, speelde het huiselijk leven zich alleen nog in de voormalige eetkamer af. De schuifdeuren waren dicht. Er achter, aan de straatkant, lag de zitkamer waar zij de hele winter niet geweest waren. Om zo veel mogelijk kou buiten te houden, bleven de gordijnen daar ook overdag gesloten, zodat het van de kade af leek of het huis onbewoond was.

Het was januari 1945. Bijna heel Europa was bevrijd, vierde feest, at, dronk, bedreef de liefde en begon de oorlog zoetjesaan al te vergeten; maar Haarlem veranderde steeds meer in een grauwe sintel, zoals die uit de kachel te voorschijn kwamen toen er nog kolen waren.

Zijn moeder had een donkerblauwe trui voor zich op tafel liggen. De helft er van was al verdwenen. In haar linkerhand hield zij de groeiende knot wol, waar zij met haar rechter snel de draad uit de trui omheen wond. Anton keek naar de heen en weer schietende draad, waardoor de trui uit de wereld verdween, haar *vorm*, met de plat uitgespreide mouwen, als iemand die iets tegen wil houden, en veranderde in een bol. Toen zijn moeder even tegen hem glimlachte, keek hij weer in zijn boek. Haar blonde haren zaten in opgerolde vlechten over haar oren, als twee ammonshorens. Nu en dan stopte zij even en nam een slok van haar koudgeworden surrogaatthee, die zij had gezet met gesmolten sneeuw uit de achtertuin. De waterleiding was weliswaar nog niet afgesloten, maar nu was zij bevroren. Zijn moeder had een gat in haar kies, waar momenteel niets aan gedaan kon worden; net als haar grootmoeder placht te doen, had zij er tegen de pijn een kruidnagel ingestopt, waarvan zij er nog een paar in de keuken had gevonden. Zo rechtop als zij zat, zo gebogen zat haar man tegenover haar een boek te lezen. Zijn donkere, grijzende haar stond als een hoefijzer rond zijn kale kruin; van tijd tot tijd blies hij in zijn handen, die groot en lomp waren, ofschoon hij geen werkman was maar griffier bij de arrondissements-rechtbank.

Anton droeg kleren waar zijn broer uitgegroeid was, Peter op zijn beurt had een te groot, zwart pak van zijn vader aan. Hij was zeventien, en omdat hij plotseling was beginnen te groeien toen er steeds minder eten was, leek het of zijn lichaam was samengesteld uit vurenhouten latten. Hij maakte zijn huiswerk. Sinds een paar maanden kwam hij niet meer op straat: langzamerhand had hij de leeftijd om bij razzia's opgepakt te worden, voor de tewerkstelling in Duitsland. Omdat hij twee keer was blijven zitten, zat hij pas in de vierde klas van het gymnasium en kreeg nu les van zijn vader, met huiswerk en al, opdat hij niet nog verder achterop zou raken. De broers leken even weinig op elkaar als hun ouders. Er zijn echtparen die sprekend op elkaar lijken, en dat betekent misschien, dat de vrouw lijkt op de moeder van de man en de man op de vader van de vrouw (of iets ingewikkelder, wat het waarschijnlijkst is), maar het gezin Steenwijk bestond uit twee duidelijke delen: Peter had het blonde en blauwe van zijn moeder, Anton het donkere en bruine van zijn vader, ook de notenkleurige huid, die rondom zijn ogen nog iets donkerder was. Ook hij ging momenteel niet naar school. Hij zat in de eerste klas van het lyceum, maar wegens kolengebrek was de kerstvakantie verlengd tot het einde van de vorstperiode.

Hij had honger, maar hij wist dat hij pas de volgende ochtend weer een kleffe grauwe boterham met bietenstroop zou krijgen. 's Middags had hij een uur in de rij gestaan bij de centrale keuken in de kleuterschool. Pas toen het al donker werd, kwam de handkar met de ketels de straat in, beschermd door een politieagent met een geweer op zijn rug. Nadat zijn kaarten waren geknipt, kreeg hij vier pollepels waterige soep in zijn meegebrachte pan. Over de landjes op weg naar huis had hij maar weinig van de warme, zurige smurrie gesnoept. Gelukkig was het bijna bedtijd. In zijn dromen was het altijd vrede.

Niemand zei iets. Ook buiten was geen geluid te horen. De oorlog was er altijd geweest en zou er altijd zijn. Geen radio, geen telefoon, niets. De vlammetjes suisden; nu en dan klonk een zacht plofje. Met een sjaal om, zijn voeten in een voetenzak die zijn moeder had gemaakt van een oude boodschappentas, las hij een artikel in *Natuur en Techniek*. Op zijn verjaardag had hij de ingebonden, tweedehands jaargang 1938 gekregen. 'Een Brief aan ons Nageslacht'. Op de foto keek een groep welgedane amerikanen in hemdsmouwen omhoog naar een grote, glanzende huls in de vorm van een torpedo, die verticaal boven hun hoofd hing en zodadelijk vijftien meter diep in de grond zou worden neergelaten. Pas over vijfduizend jaar zou de huls geopend mogen worden door het nageslacht, dat dan een indruk zou krijgen der menselijke beschaving ten tijde van de Wereldtentoonstelling te New York. In de huls van het ongelooflijke sterke 'cupaloy' zat een cylinder van vuurvast glas, gevuld met honderden voorwerpen: een microarchief, met daarin de stand van wetenschap, techniek en kunsten in tien miljoen woorden en duizend afbeeldingen, kranten, catalogi, beroemde romans, de Bijbel natuurlijk en het Onze

Vader in driehonderd talen, boodschappen van grote mannen, maar ook filmopnamen van het verschrikkelijke japanse bombardement op Kanton in 1937, zaden, een stopcontact, een rekenliniaal en alle mogelijke andere dingen; zelfs een dameshoed, herfstmode 1938. Alle belangrijke bibliotheken en musea in de wereld hadden een oorkonde gekregen, waarop de plek van de met beton dichtgestorte 'eeuwige schacht' was aangegeven, opdat zij te vinden zou zijn in de zeventigste eeuw. Maar waarom, vroeg Anton zich af, moest er juist tot het jaar 6938 worden gewacht? Kon het niet al eerder interessant zijn?

'Papa? Hoe lang is vijfduizend jaar geleden?'

'Precies vijfduizend jaar,' zei Steenwijk zonder van zijn boek op te kijken.

'Ja, nogal wiedes. Maar was er toen al... ik bedoel...'

'Zeg dan wat je bedoelt.'

'Nou, dat de mensen, net als nu...'

'Beschaving hadden?' vroeg zijn moeder.

'Ja.'

'Waarom laat je die jongen niet zelf formuleren?' vroeg Steenwijk en keek haar over zijn bril aan. En toen tot Anton: 'Die stond toen nog in de kinderschoenen. In Egypte, en in Mesopotamië. Waarom vraag je dat?'

'Omdat hier staat dat *over*—'

'Klaar!' zei Peter en richtte zich op van zijn woordenboeken en grammatica's. Hij schoof het schrift naar zijn vader en kwam naast Anton staan. 'Wat lees je?'

'Niks,' zei Anton en dekte met zijn bovenlichaam en gekruiste armen zijn boek af.

'Laat dat, Tonny,' zei zijn moeder en duwde hem overeind.

'Ik mag ook nooit bij *hem* kijken.'

'Gelogen en gestonken, Anton Mussert,' zei Peter, –waarop Anton zijn neus dichtkneep en begon te zingen:

> 'Want als Pech ben ik geboren
> En als Pech zal ik sterven ook...'

'Zwijg!' riep Steenwijk en sloeg met zijn vlakke hand op tafel.

Dat hij Anton heette, net als de N S B-leider, daarmee werd hij natuurlijk vaak gepest. In de oorlog noemden fascisten hun zoons regelmatig Anton, of Adolf, soms zelfs Anton Adolf, zoals bleek uit trotse geboorteadvertenties met wolfsangels of runetekens er boven. Als hij later iemand ontmoette die zo heette, of die Ton of Dolf werd genoemd, dan schatte hij soms of hij in de oorlog geboren was, –zo ja, dan waren zijn ouders met mathematische zekerheid fout geweest, en niet zo'n beetje ook. Tien of vijftien jaar na de oorlog werd de naam Anton weer mogelijk, wat op Musserts onbeduidendheid wijst; met Adolf is het nooit in orde gekomen. Pas als er weer Adolfs verschijnen, zal de tweede wereldoorlog werkelijk achter de rug zijn; maar daarvoor is eerst de derde nodig, en dat wil dus zeggen, dat het voorgoed uit is met de Adolfs. Ook het liedje dat Anton bij wijze van tegenaanval zong, is zonder uitleg niet meer begrijpelijk: dat was de nasale deun van een radiokomiek, die onder de naam Peter Pech optrad toen men nog een radio mocht hebben. Maar nog veel meer is tegenwoordig onbegrijpelijk–vooral ook voor Anton zelf.

'Kom eens naast mij zitten,' zei Steenwijk tot Peter, terwijl hij het schrift voor zich nam. Met gedragen stem begon hij zijn vertaling voor te lezen: '"Zoals wanneer door regen en gesmolten sneeuw gezwollen rivieren, van het gebergte neerstromend, in een dalbekken hun geweldige watermassa, ontsprongen aan overvloedige bronnen, in hun holle bedding verenigen–en ver weg in de bergen hoort de herder hun dofdonderend gebruis: zo klonk het geschreeuw en de moeizame strijd der handgemeen rakende soldaten"... Wat is dat toch prachtig,' zei Steenwijk, terwijl hij achterover leunde en zijn bril even afnam. _amos_

'Ja, reuze,' zei Peter. 'Vooral als je er anderhalf uur mee bezig bent geweest, met die rotzin.' _Mistsate_

'Die is ook een dag waard. Kijk toch eens hoe hij de natuur oproept, maar alleen zijdelings, in de vergelijking. Heb je dat opgemerkt? Wat je onthoudt zijn niet die vechtende soldaten, maar dat natuurbeeld–en dat is er nog steeds. Die veldslag is verdwenen, maar die rivieren zijn er nog, die kun je nog steeds horen, en jij bent dan die herder. Het is net of _Hirte_ hij wil zeggen, dat het hele bestaan een vergelijking is van een ander verhaal, en dat het er om gaat, dat andere verhaal te weten te komen.'

Wirklichkeit

21

'Dat is dan wel de oorlog,' zei Peter.

Steenwijk deed of hij het niet gehoord had.

'Perfect gedaan, jongen. Op één klein foutje na. Het zijn niet "rivieren", die bij elkaar komen, maar "twee rivieren".'

'Waar staat dat dan?'

'Hier: *symballeton*, dat is een dualis, het bij elkaar komen van twee dingen, twee. Pas dan klopt het ook met die twee legers. Dat is een vorm, die alleen bij Homerus voorkomt. Denk ook maar aan "symbool", dat komt van *symballo*, "bijeenbrengen", "ontmoeten". Weet je wat een *symbolon* was?'

'Nee,' zei Peter op een toon waaruit bleek, dat hij het ook niet wilde weten.

'Wat is dat dan, pap?' vroeg Anton.

'Dat was een steen, die ze doormidden sloegen. Stel, ik logeer in een andere stad en ik vraag mijn gastheer of hij jou ook eens wil ontvangen, – hoe weet hij dan, dat jij inderdaad mijn zoon bent? Dan maken we een symbolon, hij houdt de ene helft en thuis geef ik jou de andere. Als je daar dan komt, passen ze precies op elkaar.'

'Die is goed!' zei Anton. 'Ga ik ook eens doen.'

 Kreunend wendde Peter zich af.

'Waarom moet ik dat in godsnaam allemaal weten?'

'Niet in gods naam,' zei Steenwijk, terwijl hij hem over zijn bril heen aankeek, 'in naam van de humanitas. Je zult zien, hoe veel plezier je daar je verdere leven van hebt.'

Peter sloeg zijn boeken dicht, maakte er een stapel van en zei met rare stem:

'Wie lacht niet, die de mens beziet.'

'Waar slaat dat nu weer op, Peter?' vroeg zijn moeder. Met haar tong duwde zij de kruidnagel op zijn plaats.

'Nergens op.' *Nichts*

'Daar ben ik ook bang voor,' zei Steenwijk. 'Sunt pueri pueri pueri puerilia tractant.'

De trui was verdwenen en mevrouw Steenwijk legde de knot wol in haar naaimand.

'Kom, laten we een spelletje doen eer we naar bed gaan.'

'Nu al naar bed?' zei Peter.

'We moeten zuinig zijn met het carbid. We hebben nog maar voor een paar dagen.'

Uit een la van de commode haalde mevrouw Steenwijk de doos Mens-erger-je-niet, schoof de lamp opzij en vouwde het speelblad uit. *aufklappen*

'Ik wil met groen,' zei Anton.

Peter keek hem aan en wees op zijn voorhoofd.

'Denk je dat je dan eerder wint?'

'Ja.'

'Dat zullen we dan wel eens zien.'

Steenwijk legde zijn boek geopend naast zich neer, en even later was er niets anders meer te horen dan het stuiteren van de dobbelsteen en de stappen van de pionnen over het karton. Het was bijna acht uur: spertijd. Buiten was het zo stil als het op de maan moet zijn.

2

In die stilte, die de oorlog ten slotte was in Holland, weerklinken op straat plotseling zes scherpe knallen: eerst één, dan twee snel achter elkaar, na een paar seconden het vierde en het vijfde schot. Even later een soort schreeuw en dan nog een zesde. Anton, die juist de dobbelsteen wil gooien, verstart en kijkt naar zijn moeder, zijn moeder naar zijn vader, zijn vader naar de tussendeuren; maar Peter tilt de mantel van de carbidlamp en zet hem op het bord.

(wörfel)

Op slag zaten zij in het donker. Peter stond op, stommelde naar voren, deed de schuifdeuren open en loerde in de erker door een kier van de gordijnen. Meteen stroomde muffe vrieskou uit de salon de kamer in.

'Ze hebben iemand neergeschoten,' zei hij. 'Er ligt iemand.' Snel ging hij naar de gang.

'Peter!' riep zijn moeder.

Anton hoorde dat zij hem achterna ging. Zelf sprong hij ook op en rende naar de erker, waarbij hij feilloos alle meubels ontweek die hij maanden niet had gezien en ook nu niet zag: de fauteuils, de lage ronde tafel met het kanten kleed onder de glasplaat, het dressoir met de aardewerken schaal en de portretten van zijn grootouders. De gordijnen, de vensterbank, alles was ijskoud; omdat er al zo lang niet was geademd, stonden er zelfs geen ijsbloemen op de ruiten. Het was een maanloze avond, maar verijsde sneeuw hield het licht van de sterren vast. Eerst dacht hij dat Peter maar wat gekletst had, maar door het linker zijraam van de erker zag hij het toen ook.

Midden op de verlaten straat, voor het huis van meneer Korteweg, lag een fiets waarvan het omhoogstekende voorwiel nog draaide, – een dramatisch effect, dat later *close* in elke verzetsfilm zou verschijnen. Mank rende Peter over het pad van de voortuin de straat op. Sinds weken had hij een zweer aan een teen van zijn linkervoet, die niet wilde genezen; daar had zijn moeder een stuk leer uit zijn schoen geknipt. Hij knielde neer bij een bewegingloze man, die ter hoogte van de fiets in de goot lag. Zijn rechterarm rustte op de stoeprand, alsof hij het zich makkelijk had gemaakt. Anton zag zwarte laarzen glanzen en het ijzeren beslag op de hakken.

Met een stem die tegelijk hard was en fluisterde, riep zijn moeder op de drempel van de voordeur tegen Peter, dat hij onmiddellijk binnen moest komen. Peter kwam overeind, keek links en rechts de kade af, toen weer naar de man, en hinkte terug.

'Het is Ploeg,' hoorde Anton hem even later op de gang zeggen, met iets triomfantelijks in zijn stem. 'Hartstikke dood, als je 't mij vraagt.'

Anton was twaalf jaar, maar ook hij wist het: Fake Ploeg, hoofdinspecteur van politie, de grootste moordenaar en verrader van Haarlem en omstreken. Hij kwam hier regelmatig langs, op weg naar zijn werk of naar zijn huis in Heemstede. Een grote, breedgeschouderde man met een ruw gezicht, meestal gekleed in een donkerbruin sportjasje, een overhemd met das en een hoed op, maar met een zwarte rijbroek en hoge laarzen, omgeven door een aureool van geweld, haat en angst. Zijn zoon Fake zat bij hem in de klas. Anton staarde naar de laarzen. Die kende hij dus. Een paar keer was Fake door zijn vader naar school gebracht, achterop die fiets daar. Als iedereen stil werd bij de ingang van de school, wierp Ploeg spottende blikken om zich heen; maar als hij weg was, liep Fake met neergeslagen ogen de school in en moest maar zien, hoe hij het verder opknapte.

'Tonny?' De stem van zijn moeder. 'Kom onmiddellijk bij dat raam vandaan.'

Op de tweede dag van het schooljaar, toen eigenlijk nog niemand hem kende, was Fake in het lichtblauwe uniform van de Jeugdstorm verschenen, op zijn hoofd de bijbehorende zwarte klut met het oranje dak. Dat was in september, kort na Dolle Dinsdag, toen iedereen dacht dat de bevrijders er aan kwamen en de meeste NSB'ers en collaborateurs naar de duitse grens waren gevlucht, of nog verder. Helemaal alleen zat Fake op zijn plaats in de klas en haalde zijn boeken te voorschijn. Meneer Bos, de leraar wiskunde, hield op de drempel zijn arm tegen de deurpost om de andere leerlingen tegen te houden; wie er al zat, had hij teruggeroepen. Hij riep naar Fake, dat er geen les gegeven werd aan leerlingen in uniform, zo ver was het nog niet en zo ver zou het ook niet komen, en dat hij naar huis moest gaan om iets anders aan te trekken. Fake zei niets, keek ook niet om, maar bleef roerloos zitten. Even later wrong de rector zich door het gedrang en begon geagiteerd tegen de leraar te fluisteren, maar ook die gaf niet toe. Anton stond vooraan en keek onder de arm door naar Fake's rug in de leegte van het lokaal. Opeens draaide Fake langzaam zijn hoofd om en keek hem recht aan. Op hetzelfde ogenblik kreeg Anton zo'n medelijden met hem als hij nog nooit voor iemand had gevoeld. Hij kon natuurlijk helemaal niet naar huis, met die vader van hem! Eer hij wist wat hij deed, was hij onder de arm van meneer Bos door gedoken en ging op zijn plaats zitten. Daarmee was het verzet gebroken. Toen de school uitging, had de rector hem in het portaal even bij zijn arm gepakt en gefluisterd, dat hij misschien wel het leven van meneer Bos had gered. Hij wist niet goed wat hij aan moest met dat compliment; later werd er nooit meer over gepraat, ook thuis had hij het niet verteld.

Het lichaam in de goot. Het wiel stond stil. Daar- *Goste* boven de ontzaglijke sterrenhemel. Zijn ogen waren nu aan het donker gewend en hij zag wel tien keer zo goed als net. Orion, die zijn zwaard hief, de Melkweg, één fel stralende planeet, Jupiter vermoedelijk; —sinds eeuwen was het firmament boven Holland niet zo helder geweest. Aan de horizon twee langzaam bewegende, zich kruisende en elkaar verlatende lichtbundels van zoeklichten, maar een vliegtuig was niet te horen. Hij merkte dat hij nog steeds de dobbelsteen in zijn hand had en stopte hem in zijn zak.

Toen hij aanstalten maakte om van het raam weg te gaan, zag hij plotseling meneer Korteweg het huis uit komen, gevolgd door Karin. Korteweg greep Ploeg bij zijn schouders, Karin pakte hem bij de laarzen, en even later begonnen zij hem weg te trekken, Karin achteruitlopend.

'Moet je nou kijken,' zei Anton.

Zijn moeder en Peter zagen nog net, hoe het lijk voor hun huis werd neergelegd. Karin en Korteweg renden terug en Karin gooide de losgelaten pet naar het lichaam, haar vader de fiets. Even later waren zij in 'Nooitgedacht' verdwenen.

In de erker bij Steenwijk kon nog niemand een woord uitbrengen. De kade was weer verlaten, alles was weer zoals het was, en tegelijk was niets meer hetzelfde. De dode lag nu met de armen achter het hoofd, de lange jas tot het middel opgestroopt, alsof Ploeg bezig was van grote hoogte naar beneden te vallen. De rechterhand omklemde een pistool. Anton herkende het grote gezicht nu duidelijk, de geplakte, achterovergeborstelde haren nauwelijks in de war.

'*Godverdomme!*' schreeuwde Peter plotseling met overslaande stem.

'Hee, hee, hee,' weerklonk daarop Steenwijks stem in de duisternis van de achterkamer. Hij was nog niet van de tafel opgestaan.

'Ze hebben hem voor ons huis neergelegd, die schoften!' riep Peter. 'Jezus Christus! Hij moet meteen weg daar, voordat de moffen er zijn!'

'Bemoei je er niet mee,' zei mevrouw Steenwijk.

28

'Wij hebben er niets mee te maken.'

'Nee, behalve dat hij nu hier voor de deur ligt! Waarom denkt u dat ze dat gedaan hebben? Omdat de moffen represailles gaan nemen natuurlijk. Net als laatst op de Leidsevaart.'

'Wij hebben niets misdaan, Peter.'

'Alsof ze zich daar iets van aan trekken! Moet je net de moffen hebben!' Hij ging de kamer uit. 'Kom op, Anton, vlug, dan doen wij het.'

'Zijn jullie gek geworden!' riep mevrouw Steenwijk. Zij verslikte zich, schraapte haar keel en spuwde de kruidnagel uit. 'Wat wou je dan doen?'

'Terugleggen – of bij mevrouw Beumer.'

'Bij mevrouw Beumer? Hoe haal je het in je hoofd!'

'Waarom niet bij mevrouw Beumer en wel bij ons? Mevrouw Beumer heeft er toch ook niets mee te maken! Dat het Spaarne nou ook net bevroren is... We zien wel wat we doen.'

'Komt niets van in!'

Mevrouw Steenwijk was nu ook de kamer uit. In het flauwe licht, dat door het bovenraam in de vestibule viel, zag Anton dat zijn moeder voor de deur had postgevat en dat Peter haar opzij probeerde te duwen. Hij hoorde haar de sleutel omdraaien, terwijl zij riep:

'Willem, zeg jij dan toch wat!'

'Ja... ja...' hoorde Anton de stem van zijn vader, nog steeds in de achterkamer. 'Ik...'

In de verte klonken weer schoten.

'Als hij een paar seconden later was geraakt, had hij nu bij mevrouw Beumer gelegen!' riep Peter.

'Ja...' zei Steenwijk zacht, op een vreemde manier gebroken. 'Maar dat is niet het geval.'

'Niet het geval! Het was ook niet het geval dat hij hier lag, en toch is dat nu het geval! Ik ga hem trouwens terugleggen. Dan doe ik het alleen,' zei hij plotseling.

Hij draaide zich om en wilde naar de keukendeur rennen, maar met een schreeuw van pijn struikelde hij over de opgestapelde blokken en takken van de laatste bomen, die zijn moeder op het landje had omgehakt.

'Peter, in godsnaam!' riep mevrouw Steenwijk. 'Je speelt met je leven!'

'Dat is wat jullie doen, verdomme.'

Eer hij overeindgekomen was, draaide Anton de keukendeur op slot en gooide de sleutel de gang in, waar hij met een kletterend geluid onzichtbaar werd; vervolgens holde hij naar de voordeur en deed hetzelfde met de huissleutel.

'Godverdomme!' riep Peter half huilend. 'Jullie zijn achterlijk, achterlijk, allemaal!'

Hij ging naar de achterkamer, rukte de gordijnen open en zette zijn gezonde voet tegen de tuindeuren. Krakend, stroken krantenpapier loslatend vlogen zij open, zodat Anton zijn vader plotseling als een schim tegen de sneeuw zag afgetekend. Hij zat nog steeds aan tafel.

Toen Peter in de tuin verdween, rende Anton weer naar de erker. Hij keek naar buiten en zag hem hinkend om het huis verschijnen. Hij klom over het hek en pakte Ploeg bij zijn laarzen. Op dat moment was het of hij even aarzelde: misschien van al het bloed dat hij nu plotseling zag, misschien ook omdat hij niet kon beslissen, welke kant hij op zou gaan. Maar eer hij iets had kunnen doen, weerklonk aan het eind van de kade geschreeuw:

'Halt! Staan blijven! Handen omhoog!'

Hard fietsend naderden drie mannen, zij gooiden hun fietsen op straat en holden verder. Peter liet de benen vallen, rukte het pistool uit de hand van Ploeg, rende zonder te hinken naar het hek van Korteweg en verdween achter hun huis. De mannen schreeuwden tegen elkaar. Eén van hen, in een winterjas en met een pet op, loste een schot en ging achter Peter aan.

Anton voelde de warmte van zijn moeder naast zich.

'Wat was dat? Schieten ze op Peter? Waar is hij?'

'Achterom.'

Met grote ogen keek Anton naar wat er allemaal gebeurde. De tweede man, een marechaussee in uniform, holde terug, sprong op zijn fiets en reed snel weg, terwijl de derde, die ook in burger was, zich aan de overkant van de berm liet glijden en op het jaagpad neerhurkte, met twee handen een pistool vasthoudend.

Anton dook onder de vensterbank en draaide zich om. Zijn moeder was verdwenen. Aan tafel de schim van zijn vader, iets verder voorover dan zojuist, alsof hij bad. Zijn moeder stond op het terras in de achtertuin en fluisterde Peters naam de nacht in, het was of haar rug de kou uitzond die nu het huis binnenstroomde. Verder was er geen geluid. Anton zag en hoorde alles, maar op een of andere manier was hij er niet meer helemaal. Een deel van hem was al elders, of nergens meer. Hij was ondervoed, en nu ook stijf van de kou, maar dat was het niet alleen. Zoals het op dat moment was: zijn vader zwart uit de sneeuw geknipt aan tafel, zijn moeder buiten op het terras in het licht van de sterren—dat vereeuwigde. Het maakte zich los van alles wat er aan voorafging en er op zou volgen, snoerde zich in en begon de reis door zijn verdere leven, aan het eind waarvan het uit elkaar zal spatten als een zeepbel, waarna het zal zijn of het nooit gebeurd is.

Zijn moeder kwam naar binnen.

'Tonny? Waar ben je? Zie je hem?'

'Nee.'

'Wat moeten we toch doen? Misschien heeft hij zich ergens verstopt.' Gejaagd liep zij weer naar buiten en even later weer naar binnen. Plotseling ging zij naar haar man en rukte aan zijn schouders.

'Word toch eindelijk wakker! Ze schieten op Peter! Misschien is hij al geraakt!'

Langzaam stond Steenwijk op. Zonder iets te zeggen, lang en mager, ging hij de kamer uit. Even later kwam hij terug, met zijn zwarte bolhoed op en een sjaal om. Toen hij van het terras de tuin in wilde gaan, deinsde hij terug. Anton kon horen, dat hij hard Peters naam wilde roepen, maar er kwam alleen een schor geluid uit zijn keel. Verslagen draaide hij zich om. Hij kwam binnen en ging bevend op de stoel naast de kachel zitten. Na enkele ogenblikken zei hij:

'Neem mij niet kwalijk, Thea... neem mij niet kwalijk...'

Mevrouw Steenwijks handen worstelden met elkaar.

'Nu is het zo lang goed gegaan, en nu op het laatst... Anton, trek je jas aan. O god, waar is die jongen toch?'

'Misschien binnen bij Korteweg,' zei Anton. 'Hij heeft het pistool van Ploeg gepakt.'

Uit de stilte die op zijn woorden volgde, begreep hij dat dat iets verschrikkelijks was.

'Heb je dat echt gezien?'

'Net, toen die mannen er aan kwamen. Zo... terwijl hij wegliep...'

In het zachte, gepoederde licht dat nu in de kamers hing acteerde hij een korte spurt en trok bukkend een denkbeeldig pistool uit een denkbeeldige hand.

'Hij zal toch niet...' Mevrouw Steenwijk stokte. 'Ik ga meteen naar Korteweg.'

Zij wilde de tuin in lopen, maar Anton kwam haar achterna en riep:

'Pas op! Daar zit ook ergens een vent!'

Net als zojuist haar man deinsde zij terug voor de ijskoude stilte. Niets bewoog. De tuin; daarachter de kale, besneeuwde landjes. Ook Anton bewoog zich niet meer. Alles was roerloos—en toch verstreek de tijd. Het was of alles glansde door dat verstrijken van de tijd, zoals kiezelstenen op de bodem van een beek. Peter verdwenen, een lijk voor de deur en rondom gewapende mannen, die zich stilhielden. Anton had het gevoel, dat hij dat alles op slag ongedaan kon maken, zodat alles weer zou zijn als daarstraks, rondom de tafel met een spelletje Mens-erger-je-niet, –door iets, waartoe hij zonder een zweem van twijfel bij machte was, maar dat hem nu niet te binnen wilde schieten. Zoals wanneer hij een naam vergeten was die hij honderd keer geweten had, die op de punt van zijn tong lag en die niet alleen niet wilde verschijnen, maar zich bij iedere poging om hem te grijpen verder onttrok. Of zoals die keer dat hij opeens beseft had, dat hij onafgebroken ademde, lucht naar binnen zoog, uitblies, en dat hij dus goed moest opletten dat hij dat ook inderdaad aldoor deed, want anders zou hij stikken–en op hetzelfde moment bijna stikte...

Ver weg naderde het geluid van motorfietsen; ook dat van een auto.

'Kom binnen, mam,' zei Anton.

'Ja... Ik doe de deuren dicht.'

Zij beheerste zich, maar hij hoorde aan haar stem dat ook zij aan de rand stond van iets, dat zij niet in haar macht had. Het leek wel of hij de enige was, die zijn verstand bij elkaar hield–en dat moest natuurlijk ook, als vliegenier. Ook in de vliegerij konden moeilijke situaties optreden: bij voorbeeld in het hart van een cycloon, waar het windstil is en de zon schijnt, maar waar men toch weer uit moest, het noodweer in dat rondom kolkte, want anders raakte de benzine op en men zou reddeloos verloren zijn...

De motorfietsen en de auto waren nu aan de voorkant te horen, op de kade, terwijl in de verte nog meer auto's leken te naderen, zwaardere. Tot zover was alles nog steeds in orde; wat was er eigenlijk veranderd – behalve dan, dat Peter weg was? Hoe kon iets eigenlijk veranderen? *cruistschaule bremsen*

Toen was het er. Piepende remmen, geschreeuw in het duits, het ijzeren geluid van laarzen die op straat sprongen. Nu en dan flitste fel licht door de spleet van de gordijnen. Op zijn tenen ging Anton naar de erker. Overal soldaten met geweren en machinepistolen, motorfietsen die af en aan reden, vrachtauto's met nog meer soldaten; een militaire ambulance, waaruit een brancard werd getrokken. *Bahre* Opeens sloot hij met een ruk de gordijnen en draaide zich om.

'Daar heb je ze,' zei hij in het donker.

Meteen werd er op de deur geslagen, maar zo meedogenloos hard, met geweerkolven, dat hij wist dat er iets afschuwelijks ging gebeuren.

'Aufmachen! Sofort aufmachen!'

Onwillekeurig vluchtte hij naar de achterkamer. Zijn moeder ging naar de gang en riep met bevende stem, dat zij niet open kon doen, dat de sleutel weg was, – maar de deur werd al ingetrapt en smakte tegen de muur van de vestibule. Anton hoorde de spiegel aan stukken vallen: die met de twee olifantjes in houtsnijwerk, boven de kleine tafel met de gekrulde poten. Plotseling waren overal op de gang en in de kamers gewapende soldaten met helmen, omgeven door vrieskou, allemaal veel te groot voor hun huis. Het was al niet meer van hen. Verblind door een lantaren hield Anton een arm voor zijn ogen; er onderdoor zag hij op een borst het blinkende schild van de Feldgendarmerie, aan een koppel de langwerpige trommel voor het gasmasker, de laarzen met aangekoekte sneeuw. Ook op de trap en boven zijn hoofd stampten laarzen. Een man in burger verscheen in de kamer. Hij droeg een zwarte leren jas tot op zijn enkels, op zijn hoofd een hoed met een rondom neergeslagen rand.

'Papiere vorzeigen!' schreeuwde hij. 'Schnell, schnell, alles, alles!'

Steenwijk stond op en trok een la van het buffet open, terwijl zijn vrouw zei:

'Wir haben nichts damit zu machen.'

'Schweigen Sie,' snauwde de man. Hij stond bij de tafel en met de nagel van zijn wijsvinger wipte hij het boek dicht, waarin Steenwijk had gelezen. '*Ethica*,' las hij van de kaft, – '*more geometrico demonstrata. Benedictus de Spinoza*. Ach so!' zei hij en keek op. 'Solche Sachen liest man hier. Judenbücher!' En toen tot mevrouw Steenwijk: 'Gehen Sie mal ein paar Schritte hin und her.'

'Wat moet ik doen?'

'Hin und her gehen! Sie haben wohl Scheisse in den Ohren!'

Anton zag hoe zijn moeder, trillend over haar hele lichaam, heen en weer begon te lopen, op haar gezicht het onbegrip van een kind. De man richtte de lantaren, die de soldaat naast hem vasthield, op haar benen.

'Das genügt,' zei hij even later; – en pas veel later, toevallig, tijdens zijn studie, zou Anton te weten komen dat hij aan haar loop dacht te kunnen zien of zij joods was.

Steenwijk stond met de papieren in zijn handen.

'Ich –'

'Nehmen Sie gefälligst den Hut ab, wenn Sie zu mir reden!'

Steenwijk nam zijn bolhoed af en begon weer:

'Ich –'

'Halten Sie das Maul, Sie verjudetes Dreck-schwein.'

De man bestudeerde de persoonsbewijzen en stamkaarten, en keek toen om zich heen.

'Wo ist der vierte?'

Mevrouw Steenwijk wilde iets zeggen, maar haar man was haar voor.

'Mein ältester Sohn,' zei hij met trillende stem, 'aufgebracht von dem schauderhaften Ereignis, hat, ohne sich zu verabschieden, jäh die elterliche Woh-nung verlassen, – und zwar in jener Richtung.' Met zijn hoed wees hij de kant van 'Welgelegen' op, waar de Beumers woonden.

'So,' zei de duitser, terwijl hij de papieren in zijn zak stopte. 'Hat er? Jäh, nichtwahr?'

'Allerdings.'

De man maakte een beweging met zijn hoofd.

'Abführen.'

Van dat moment af ging alles nog sneller. Zonder iets mee te mogen nemen, zelfs geen jas, werden zij het huis uit geduwd. Overal op straat stonden moto-ren, grijze personenauto's en legertrucks door el-kaar, overal uniformen en geschreeuw en de dansen-

37

de stralen van lantarens. Sommige soldaten hadden honden aan de lijn. De ambulance was weg, alleen Ploegs fiets lag er nog. Een grote, rode vlek in de sneeuw. Ergens vandaan hoorde Anton weer het gedempte geluid van schoten. Hij voelde zijn moeders hand naar de zijne tasten. Toen hij naar haar opkeek, zag hij haar gezicht veranderd in dat van een beeld, met een starende uitdrukking van ontzetting. Zijn vader, die zijn hoed weer had opgezet, keek naar de grond, zoals altijd wanneer hij liep. Maar zelf werd Anton eerder vervuld van een dubbelzinnig welbehagen door al dat gedoe, al die actie na de grafstilte van de afgelopen maanden. Misschien was hij ook een beetje gehypnotiseerd door de felle lichtbundels, die keer op keer in zijn gezicht schenen, maar eindelijk, eindelijk gebeurde er wat!

In die droom voelde hij, hoe de greep van zijn moeders hand zich opeens versterkte, eer zij van elkaar losgerukt werden.

'Tonny!'

Zij was al verdwenen, ergens heen, weg achter vrachtwagens; zijn vader ook. Aan zijn bovenarm werd hij door een soldaat meegenomen naar een DKW, die schuin aan de overkant half in de berm stond. Hij liet Anton instappen en sloeg het portier achter hem dicht.

Voor het eerst van zijn leven zat hij in een auto. Vaag zag hij het stuur en de meters. In een vliegtuig zaten nog veel meer meters. In een Lockheed Electra, bij voorbeeld, zaten er wel vijftien; en twee sturen. Hij keek naar buiten. Zijn ouders zag hij nergens meer. Waar kon Peter toch gebleven zijn? Ook bij Korteweg liepen soldaten met lantarens in en uit, maar, voor zo ver hij kon zien, zonder Peter. Hij was zeker weg weten te komen over de landjes. Zouden zij weten, dat Ploeg eerst daar had gelegen? Bij Beumer in de tuin was niemand. Omdat de ruiten besloegen, kreeg hij steeds minder zicht op de straat; als hij ze afveegde, zodat zijn hand nat werd van zijn eigen adem, bleef alles toch vervormd en onduidelijk. Plotseling werden in de slaapkamer van zijn ouders de deuren naar het balkon opengezet. Even later gingen beneden in de salon de gordijnen open en van binnenuit werden alle ruiten stukgeslagen met geweerkolven. Verstard keek hij naar de neerregenende scherven. Wat een schoften! Waar moesten zijn ouders nu nieuw glas vandaan halen, er was toch zeker niks meer te krijgen! Gelukkig hadden ze nu kennelijk genoeg kapotgemaakt, want een voor een kwamen de soldaten naar buiten. De voordeur lieten zij openstaan.

Er gebeurde niets meer, maar ze gingen niet weg. Sommigen staken een sigaret op en maakten een praatje met elkaar, hun handen in hun zakken en stampvoetend van de kou; anderen schenen met hun lantarens op het huis, alsof ze nog eens tevreden wilden kijken naar wat ze vernield hadden. Anton probeerde zijn ouders weer te ontdekken, maar in het donker verderop was niemand te onderscheiden: alleen schaduwen in heen en weer schietende lichtbundels. Het geblaf van honden. Hij dacht terug aan daarstraks, in de kamer, hoe de man met de hoed zijn vader had afgebekt, maar die herinnering was opeens ondraaglijk, – veel ondraaglijker dan toen het gebeurde. Zijn vader die zijn hoed af moest nemen... hij drukte het weg en wilde dat hij er nooit meer aan hoefde te denken, het mocht niet gebeurd zijn. Nooit van zijn leven zou hij een bolhoed dragen, niemand mocht na de oorlog nog een hoed dragen!

Bevreemd keek hij naar buiten. Het werd stiller. Iedereen ging op een afstand staan, niemand bewoog meer. Er klonk een bevel, waarop een soldaat naar hun huis liep, iets door het middelste erkerraam naar binnen gooide en gebukt terugrende. Met een daverende slag stond even een verblindend boeket vuur in de salon. Anton dook weg; op het moment dat hij weer keek, ontplofte een tweede handgranaat, nu boven in de slaapkamer. Meteen daarop verscheen een soldaat met in zijn handen een soort brandspuit, op zijn rug een cylinder; hij liep naar voren en begon lange, donderende vuurstralen door de ramen te spuiten. Anton geloofde het niet. Was het denkbaar, wat daar gebeurde? Wanhopig zocht hij zijn vader en zijn moeder, maar door de lichtflitsen van daarnet zag hij verderop niets meer. De ene walmende vuurstraal na de andere vloog naar binnen, de voorkamer in, de vestibule in, de slaapkamer in, en toen ook tegen het rieten dak. Ze deden het echt, er was al niets meer aan te doen! Het huis brandde van binnen en van buiten. Al zijn spullen, zijn boeken, Karl May, zijn *Natuurkunde van het vrije veld*, zijn verzameling vliegtuigfoto's, de bibliotheek

van zijn vader, met de stroken groen laken tegen de
planken, zijn moeders kleren, de knot wol, de stoelen
en tafels: alles ging er aan. De soldaat schroefde zijn
vlammenwerper dicht en verdween in het donker.
Een paar mannen van de Grüne Polizei, met karabijnen schuin over hun rug, kwamen naar voren,
staken hun handschoenen onder hun riem en strekten hun handen uit naar het knetterende vuur, alsof
zij het tegen wilden houden, en praatten lachend
met elkaar.

Iets verderop stopte weer een vrachtauto. In de
open laadbak stond een groep kleumende mannen
in colbertjasjes, bewaakt door soldaten met machinepistolen in de aanslag: in het licht van de vlammen
zag hij aan hun zwarte helmen, dat het SS'ers waren. Geschreeuw, bevelen; twee aan twee, geboeid,
sprongen de gevangenen op straat en verdwenen in
de duisternis. Het huis, uitgedroogd door de vorst,
brandde zo gretig als een oude krant. Ook Anton
begon de gloed te voelen in de auto. Door het uitgebouwde dakraam aan de linkerkant wapperden
spitse vlammen: daar verging zijn kamer nu, maar
hij kreeg het ten minste iets warmer. Opeens sloegen
de vlammen door het dak en zetten de kade in helder
licht, als bij een toneelvoorstelling. Hij verbeeldde
zich, dat hij toen verderop tussen de auto's even zijn
moeder zag, met loshangende haren, en iemand die
naar haar toe rende; er speelde zich daar iets af,
maar er drong nauwelijks meer iets tot hem door.
Ook dacht hij: hoe moet dat nu met de verduistering, direct zien de engelsen het en dan komen ze,

kwamen ze maar... Op de schuin gezaagde plank, die op de plint boven de erker geschroefd was, kon hij de ingeschroeide naam nog lezen: 'Buitenrust'. In de kamers, waar het zo lang zo koud was geweest, ziedde nu de hel. Overal daalden zwarte schilfers neer op de sneeuw.

Een paar minuten later begon het te kraken in de baaierd, en onder een torenhoge fontein van vonken stortte het huis in elkaar. De honden blaften; de militairen die zich warmden sprongen achteruit, waarbij één struikelde over de fiets van Ploeg en languit op straat terechtkwam. De anderen sloegen dubbel van het lachen, tegelijkertijd begon aan het eind van de kade een mitrailleur te ratelen. Anton ging op zijn zij liggen en rolde zich op, zijn polsen gekruist onder zijn kin.

Toen de duitser met de lange jas het portier open-deed en hem op de bank zag liggen, stokte hij even. Het leek of hij hem vergeten was.

'Scheisse,' zei hij.

Anton moest in de nauwe ruimte achter de stoelen kruipen, waar hij bijna niets meer kon zien. Zelf ging hij naast de militaire chauffeur zitten en stak een sigaret op. De motor begon te pruttelen, de chauffeur veegde met zijn mouw de wasem van de voorruit en voor het eerst reed Anton in een auto. Alle huizen waren donker, nog steeds waren nergens mensen te zien in de straten, alleen nu en dan groepjes duitsers. De twee mannen spraken niet met elkaar. Zij reden naar Heemstede en stopten na een paar minuten voor het politiebureau, dat door twee agenten bewaakt werd.

Het warme wachtlokaal was vol mannen, de meesten in uniform, duitse en nederlandse. Onmiddellijk liep het water in Antons mond door de geur van gebakken eieren, maar hij zag niemand eten. Er was elektrisch licht en allemaal rookten ze nog sigaretten. Hij werd neergezet op een stoel bij de hoge potkachel, waar de hitte hem omarmde. De duitser sprak met een hollandse inspecteur van politie, nu en dan met zijn kin in Antons richting wijzend. Voor het eerst kon hij hem goed zien, –maar wat hij toen zag in 1945 was anders dan wanneer hij nu hetzelfde zou zien. Hij was een jaar of veertig en had inderdaad dat magere, verharde gezicht met de horizontale *Schmiss* onder het linker jukbeen: momenteel een komiek detail, waarmee uitsluitend regisseurs van lachfilms of sadistische B-films nog aankomen; tegenwoordig kunnen alleen de baby-achtige Himmlergezichten nog net door de artistieke beugel. Maar toen was het niet artistiek, toen zag hij er werkelijk zo uit, als een 'fanatieke nazi', en lachwekkend was het nog niet. Even later vertrok hij, zonder nog naar Anton om te kijken.

Een brigadier met een grijze paardedeken over zijn arm kwam naar hem toe en zei, dat hij mee moest komen. Op de gang voegde zich een tweede agent bij hen. In zijn hand had hij een bos sleutels.

'Wat krijgen we nou?' zei hij, toen hij Anton zag. 'Gaan we ook al kinderen opsluiten? Of is het een jodenjoch?'

'Vraag niet zo veel,' zei de brigadier.

Aan het eind van de gang gingen zij achter elkaar de keldertrap af. Anton draaide zich even om naar de brigadier en vroeg:

'Komen mijn vader en moeder ook hier?'

De brigadier keek hem niet aan.

'Ik weet van niks. Wij hebben niks te maken met die actie.'

Beneden was een korte gang, waar het weer koud was. Onder allerlei buizen en leidingen kwamen er aan elke kant een paar ijzeren deuren op uit, beschilderd met gelige verf, vol roestplekken. Aan de zoldering brandde een zwakke, onbeschermde lamp.

'Waar is nog plaats?' vroeg de brigadier.

'Nergens. Hij zal op de grond moeten liggen.'

De brigadier liet zijn ogen langs de deuren gaan, waarbij hij scheen te zien wat er achter was.

'Daar dan maar,' zei hij en wees naar de achterste deur aan de linkerkant.

'Dat moest Einzelhaft wezen van die SD'er.'

'Doe wat ik je zeg.'

De agent ontgrendelde de deur en de brigadier gooide de paardedeken op de brits, die tegen de muur stond.

'Het is alleen voor vannacht,' zei hij tegen Anton. 'Probeer maar wat te slapen.' En toen in de richting van een hoek, waarop Anton geen zicht had: 'Je krijgt gezelschap, maar houd die jongen er buiten, wil je? Die heeft al genoeg ellende dank zij jullie.'

Terwijl Anton een hand in zijn rug voelde, stapte hij over de drempel in de donkere cel. De deur sloeg achter hem dicht en hij zag niets meer.

3

Op de tast zocht hij de brits en ging zitten. Overal om zich heen voelde hij de man, die daar ergens moest zijn. Hij vouwde zijn handen op zijn schoot en luisterde naar de stemmen op de gang. Even later hoorde hij de laarzen de trap op gaan en het werd stil. Nu hoorde hij ook de ademhaling van die ander.

'Waarom ben jij hier?'

Een zachte vrouwenstem. Het was alsof plotseling een groot gevaar werd afgewend. Hij sperde zijn ogen open om iets te zien, maar de duisternis stond er tegen als zwart water. Ook in de andere cellen hoorde hij nu gedempt praten.

'Ze hebben ons huis in brand gestoken.'

Terwijl hij het zei, kon hij het zelf bijna niet geloven. Dat daar nu alleen nog een smeulende ruïne lag tussen 'Welgelegen' en 'Nooitgedacht'. Het duurde even voordat zij antwoordde.

'Waarom was dat? Nu net?'

'Ja, mevrouw.'

'Waarom?'

'Uit wraak. Er was een vent neergeschoten, maar daar hadden wij niks mee te maken. We mochten helemaal niks meenemen.'

'O godverdomme...' zei zij. En weer na een stilte: 'Jezus, was je soms alleen thuis?'

'Nee, met mijn vader en mijn moeder, en mijn broer.' Hij merkte dat zijn ogen vanzelf dichtzakten;

hij sperde ze open, maar het maakte geen verschil.

'Waar zijn die nu?'

'Weet ik niet.'

'Hebben de duitsers ze meegenomen?'

'Ja. Mijn vader en mijn moeder ten minste.'

'En je broer?'

'Die is gevlucht. Hij wou...' Voor het eerst begon hij even te huilen. 'Wat moet ik nou...' Hij schaamde zich, maar hij kon er niets aan doen.

'Kom naast me zitten.'

Hij stond op en liep voetje voor voetje in haar richting.

'Ja, hier ben ik,' zei zij. 'Steek je hand uit.'

Hij voelde haar vingers, zij greep zijn hand en trok hem naar zich toe. Op de brits sloeg zij een arm om hem heen en drukte met haar andere hand zijn hoofd tegen haar borst. Zij rook naar zweet, maar tegelijk naar iets anders, iets zoetigs, dat hij niet thuis kon brengen. Misschien een parfum. In de duisternis was een tweede duisternis en daarin hoorde hij haar hart bonken, veel te snel misschien voor iemand die alleen maar iemand troost. Toen hij bedaarde, begon hij onder de kier van de deur een zwakke streep licht te onderscheiden, waar hij zijn ogen op gevestigd hield. Toen hij binnenkwam, moest zij hem even gezien hebben hier vandaan. Zij drapeerde haar deken om hen beiden en drukte hem stevig tegen zich aan. Zij was minder warm dan de kachel daarnet, en tegelijk veel warmer. Er kwamen weer tranen in zijn ogen, maar nu anders. Hij zou haar willen vragen waarom zij gevangen zat, maar dat

46

durfde hij niet. Misschien was het wel voor zwarte handel. Hij hoorde haar slikken.

'Ik weet niet hoe je heet,' fluisterde zij, 'en dat moet ik ook niet weten. Jij mag ook niet weten hoe ik heet, maar zul je één ding nooit van je leven vergeten?'

'Wat dan?'

'Hoe oud ben je?'

'Bijna dertien, mevrouw.'

'Schei uit met dat "mevrouw". Luister. Ze zullen je misschien van alles wijs proberen te maken, maar je moet nooit vergeten dat het de moffen zijn, die jouw huis in brand hebben gestoken. Wie het gedaan heeft, heeft het gedaan, en niet iemand anders.'

'Dat weet ik toch,' zei Anton een beetje verontwaardigd. 'Dat heb ik toch zeker zelf gezien.'

'Jawel, maar dat hebben ze gedaan omdat die hufter daar is geliquideerd, en ze zullen zeggen, dat het dus de schuld van de illegaliteit is dat ze dat moesten doen. Ze zullen zeggen dat die illegalen wisten, dat er dan zulke dingen zouden gebeuren, en dat het dus hun schuld is.'

'O,' zei Anton, terwijl hij zich een beetje oprichtte en probeerde te formuleren wat hij dacht, – 'maar als dat zo is, dan is… dan is nooit iemand schuldig. Dan kan iedereen maar doen.'

Hij voelde haar vingers door zijn haren strelen.

'Weet je trouwens…' begon zij aarzelend, 'hoe die vent heette?'

'Ploeg,' zei hij en voelde op hetzelfde ogenblik haar hand op zijn mond.

47

'Zachtjes.'

'Fake Ploeg,' fluisterde hij. 'Hij zat bij de politie. Een vuile NSB'er.'

'Heb je hem gezien?' vroeg zij ook heel zacht. 'Was hij echt dood?'

Anton knikte. Toen hij besefte dat zij dat niet kon zien, hoogstens voelen, zei hij:

'Hartstikke.' Hij zag de bloedvlek in de sneeuw weer voor zich. 'Ik zit bij zijn zoon in de klas. Die heet ook Fake.'

Hij hoorde haar even diep ademhalen.

'Weet je,' zei zij na enkele ogenblikken, 'als die illegalen dat niet gedaan hadden, had die Ploeg nog een heleboel andere mensen vermoord. En dan...'

Plotseling trok zij haar arm weg en begon te snikken. Anton schrok, hij wilde haar troosten, maar hij wist niet hoe hij dat doen moest. Hij richtte zich op en stak voorzichtig een hand uit, tot hij haar haren voelde: dik, weerbarstig haar.

'Waarom huil je nou?'

Zij nam zijn hand en drukte hem tegen haar borst.

'Het is allemaal zo afschuwelijk,' zei zij met een verstikte stem, 'de wereld is de hel, de hel, ik ben blij dat het nu gauw afgelopen is, ik kan niet meer...'

In zijn palm voelde hij haar zachte borst, – een ijle zachtheid, zoals hij nog niet eerder had gevoeld; maar hij durfde zijn hand niet te bewegen.

'Wat is gauw afgelopen?'

Zij nam zijn hand in haar handen. Aan haar stem hoorde hij, dat zij haar gezicht naar hem toe had gekeerd.

'De oorlog. De oorlog natuurlijk. Nog een paar weken en alles is voorbij. De amerikanen staan al aan de Rijn en de russen aan de Oder.'

'Hoe weet je dat zo goed?'

Zij had het heel beslist gezegd, terwijl hij thuis alleen vage dingen hoorde, die zo schenen te zijn en dan toch weer anders bleken. Zij gaf geen antwoord. Hoe zwak de kier licht onder de deur ook was, heel flauw onderscheidde hij nu de omtrek van haar hoofd en haar lichaam, haar enigszins wijd uitstaande haar: die plek, waar zij was, – een arm, die hem naderde.

'Mag ik even aan je gezicht voelen, hoe je er uitziet?'

Zacht streken haar koude vingertoppen over zijn voorhoofd, over zijn wenkbrauwen, wangen, neus en lippen. Roerloos, zijn hoofd iets naar achteren, liet hij het gebeuren. Hij had het gevoel dat het iets heel plechtigs was, een soort inwijding, zoals je in Afrika wel had. Opeens trok zij haar hand terug en kreunde.

'Wat is er?' vroeg hij geschrokken.

'Niks. Laat maar...' Zij zat nu voorovergebogen.

'Heb je pijn?'

'Er is echt niks. Echt niet.' Zij ging weer rechtop zitten en zei: 'Eén keer heb ik het nog donkerder meegemaakt. Een paar weken geleden.'

'Woon je in Heemstede?'

'Dat moet je me niet vragen. Het is beter voor je als je helemaal niets van me weet. Dat zul je later wel begrijpen. Goed?'

49

'Goed.'

'Moet je horen. Er is geen maan vanavond en toch is het een heel heldere nacht. Een paar weken geleden was er ook geen maan, maar toen was het bewolkt en er lag nog geen sneeuw. Ik was bij een vriend in de buurt geweest, met wie ik had zitten kletsen, en ik ging pas midden in de nacht weg, ver na spertijd. Het was zo donker, dat toch niemand mij zou zien. Ik ken de buurt precies, en met mijn hand langs de muren en hekken liep ik naar huis. Ik zag helemaal niks, ik had net zo goed geen ogen kunnen hebben. Om geen geluid te maken, had ik mijn schoenen uitgetrokken. Ik zag echt geen moer, maar ik wist aldoor precies waar ik was. Ten minste, dat dacht ik. Ik zag alles in mijn herinnering vóór me, ik had die weg honderden of misschien wel duizenden keren gelopen, ik wist elke hoek, elke heg, elke boom, elke stoeprand, –alles. En opeens was ik het kwijt. Er klopte niks meer. Ik voelde een struik waar ik een kozijn had moeten voelen, een lantarenpaal waar de uitrit van een garage had moeten zijn. Ik deed nog een paar passen en toen voelde ik niets meer. Ik stond nog op klinkers, maar ik wist dat vlakbij een singel moest zijn, en ik was bang dat ik er bij de volgende stap in zou vallen. Op handen en voeten heb ik daar toen een tijdje rondgekropen. Ik had ook geen lucifers bij me, of een knijpkat. Ten slotte ben ik maar blijven zitten om te wachten tot het licht werd. Kun je je voorstellen, dat ik het gevoel kreeg of ik de enige was in de hele wereld?'

'Heb je gehuild?' vroeg Anton ademloos. Het was

of hij hier in het donker kon zien, wat daar toen in het donker ook niet te zien was.

'Dat nou niet,' zei zij met een lachje. 'Maar ik was wel bang, hoor. Misschien nog meer door de stilte dan van het donker. Ik wist dat overal mensen in de buurt waren, maar alles was verdwenen. De wereld hield op bij mijn huid. Dat ik bang was, had niks meer met de oorlog te maken. Ik had het ook heel koud.'

'En toen?'

'Wat denk je? Ik zat vlak voor mijn eigen huis op straat. Moet je nagaan. Met vijf stappen was ik binnen.'

'Ik heb ook wel eens zoiets gehad,' zei Anton, die volledig vergeten was waar hij zich bevond, en waarom, – 'toen ik bij mijn oom logeerde, in Amsterdam.'

'Zeker een tijdje geleden?'

'Vorige zomer, toen de treinen nog liepen. Ik had geloof ik een vervelende droom, ik werd wakker en wilde uit bed stappen om naar de w.c. te gaan. Het was pikdonker. Ik stap thuis altijd zo naar links uit mijn bed, weet je wel, maar daar was opeens een muur. Rechts, waar anders altijd de muur is, was opeens geen muur meer. Ik schrok me rot. Het was net of de muur veel harder en dikker was dan een gewone muur, en daar waar geen muur was... daar leek het wel een ravijn.'

'En heb *jij* toen gehuild?'

'Ja, zeg, allicht.'

'En toen deed je oom of je tante het licht aan en je wist weer, waar je was.'

'Ja, mijn oom. Ik stond rechtop in bed en –'
'St!'

Er kwamen voetstappen de trap af. Zij sloeg haar arm weer om hem heen en luisterde roerloos. Stemmen op de gang; gerinkel van sleutels. Even was er wat rumoer, dat Anton niet thuis kon brengen, toen plotseling gevloek en het doffe geluid van klappen. Iemand werd de gang op gesleurd, terwijl iemand anders in de cel bleef schelden. Met een harde, ijzeren slag viel de deur in het slot. De man op de gang werd nog steeds geslagen, of getrapt; hij brulde. Nog meer laarzen kwamen de trap af gebonkt, nog meer geschreeuw, waarna de man kennelijk de treden op werd gesleurd. Het werd stiller. Iemand lachte. Daarna was er niets meer te horen.

Anton zat te trillen.

'Wie was dat?' vroeg hij.

'Ik weet het niet. Ik zit hier ook nog niet zo lang. Dat schorem... Die eindigen goddank allemaal aan de galg, en eerder dan ze denken. Geloof maar, dat de russen en de amerikanen korte metten maken met dat tuig. Laten we ergens anders aan denken,' zei zij, wendde zich naar hem toe en streek met beide handen door zijn haren, – 'zo lang het nog kan.'

'Hoe bedoel je?'

'Nou, zo lang ze ons hier nog samen laten zitten. Jij komt morgen weer vrij.'

'En jij dan?'

'Ik misschien niet,' zei zij op een toon, alsof er toch nog een mogelijkheid was, dat zij morgen vrij zou komen. 'Maar met mij komt het ook best in orde, hoor. Waar zullen we het over hebben? Of ben je moe? Wil je slapen?'

'Ik niet.'

'Goed dan. We hebben het aldoor over het donker gehad, zullen we het nu over het licht hebben?'

'Goed.'

'Stel je voor: heel veel licht. Zon. Zomer. Wat nog meer?'

'Het strand.'

'Ja. Toen het nog niet vol bunkers en versperringen stond. De duinen. De zon die in een duinpan schijnt. Weet je nog, hoe verblindend dat zijn kon?'

'Nou. De takjes die er lagen, waren altijd helemaal uitgebleekt van de zon.'

Opeens, zonder overgang, begon zij te vertellen op een manier alsof er nog een derde in de cel was, tegen wie zij sprak.

'Het licht, ja, maar het licht is niet alleen het licht. Ik bedoel, ik heb vroeger eens een gedicht willen schrijven, waarin het licht vergeleken werd met de liefde, – nee, de liefde met het licht. Ja, dat kan natuurlijk ook, je kunt natuurlijk ook het licht met de liefde vergelijken. Dat is misschien nog mooier, want het licht is ouder dan de liefde. De christenen zeggen van niet, maar goed, dat zijn de christenen. Of ben jij christelijk?'

'Volgens mij niet.'

'In dat gedicht wilde ik de liefde vergelijken met het soort licht, dat je vlak na zonsondergang soms tegen de bomen ziet hangen: van dat toverachtige licht. Dat is het licht, dat in iemand zit die van ie-

53

mand anders houdt. De haat is de duisternis, dat is niet goed. Hoewel, de fascisten moeten we haten en dat is *wel* goed. Hoe kan dat eigenlijk? Ja, dat is omdat wij ze haten in naam van het licht, terwijl zij alleen maar haten in naam van de duisternis. Wij haten de haat, en daarom is onze haat beter dan de hunne. Maar daarom hebben wij het ook moeilijker dan zij. Voor hen is alles heel eenvoudig, maar voor ons is het ingewikkeld. Wij moeten een beetje in ze veranderen om ze te bestrijden, een beetje niet onszelf zijn, terwijl zij daar geen last van hebben; zij kunnen ons zonder problemen kapotmaken. Wij moeten eerst onszelf een beetje kapotmaken eer we hen kapot kunnen maken. Zij niet, zij kunnen gewoon zichzelf blijven, daarom zijn ze zo sterk. Maar omdat er geen licht in ze zit, zullen ze het uiteindelijk toch verliezen. Het enige is, dat wij moeten oppassen dat we niet te veel in ze veranderen, dat we onszelf niet te veel kapotmaken, want dan zullen ze het uiteindelijk toch nog gewonnen hebben…'

Zij kreunde weer even, maar eer hij iets had kunnen zeggen, ging zij verder. Hij begreep geen woord van wat zij zei, maar hij was trots dat zij tegen hem sprak als tegen een volwassene.

'En dan is er nog iets met dat soort licht. Iemand die van iemand anders houdt, zegt altijd dat dat komt doordat die ander zo mooi is, op een of andere manier, van buiten of van binnen, of allebei, – terwijl andere mensen daar vaak niets van zien, en meestal is het ook niet zo. Maar wie altijd mooi is, is degene die liefheeft, want hij heeft lief en wordt daardoor bestraald door dat licht. Er is een man die van mij houdt en die mij op een bepaalde manier ontzettend mooi vindt, maar dat ben ik helemaal niet. *Hij* is mooi, al is hij op allerlei manieren ontzettend lelijk. En ik ben ook mooi, maar alleen omdat ik ook van hem houd–al weet hij dat niet. Hij denkt van niet, maar ik houd van hem. Jij bent de enige die het nu weet, al weet je niet wie ik ben en wie hij is. Hij heeft een vrouw en twee kinderen, van jouw leeftijd, die hem nodig hebben, zoals jij je vader en je moeder nodig hebt…'

Opeens zweeg zij.

'Waar zouden mijn vader en moeder zijn?' vroeg Anton zacht.

'Die zullen ook wel ergens vastzitten. Morgen zie je ze wel weer, denk ik.'

'Maar waarom zitten ze ergens anders dan ik?'

'Ja, waarom? Omdat we met schoften te maken hebben. En omdat het een grote puinhoop is, ze doen maar wat. Ze schijten in hun broek op het ogenblik. Maak je maar geen zorgen. Ik ben veel ongeruster over je broer.'

'Toen hij er vandoor ging, nam hij het pistool van Ploeg mee,' zei Anton en hoopte, dat zij dat niet zo erg zou vinden.

Het duurde een paar seconden eer zij zei:

'Jezus nog aan toe…' *Ach du lieber Gott*

Ook aan haar stem hoorde hij weer, dat het iets fataals was. Wat was er met Peter gebeurd? Plotseling kon hij het niet meer verwerken. Hij zonk tegen haar aan, op hetzelfde ogenblik diep in slaap.

4

Een uur, misschien anderhalf uur later werd hij
wakker van dat geschreeuw, dat jarenlang door heel
Europa heeft geschald. Meteen werd hij weer verblind door een lantaren. Aan een arm werd hij van
de brits gerukt, de gang op,—zo snel, dat hij zijn cel-
genote niet te zien kreeg. Overal stonden weer duitsers en politieagenten. Een hoge SS'er met een
doodskop op zijn pet en zilveren sterren en strepen
op zijn kraag smakte de celdeur dicht. Hij was een
knappe man van een jaar of vijfendertig, met een
regelmatig, edel gezicht, zoals Anton vaak gezien
had op tekeningen in jongensboeken.

Zo'n jongen opsluiten, schreeuwde hij, terwijl hij
de trap op ging, *ausgerechnet* bij die terroriste! Of dan
iedereen zijn verstand verloren had? Dat vervloekte
communistenwijf hoorde hier trouwens ook niet, die
ging met hem mee naar Amsterdam, naar zijn kan-
toor in de Euterpestraat. De heren mochten blij zijn
dat zij nog niet bevrijd was, dan hadden hier een
paar *Beamte* niet meer geleefd! Wat was dat hier voor
zwijnerij? Wie had dat allemaal zo *angeordnet*? Iemand van de Sicherheitsdienst? Ach zo! *Et tu, Brute!*
Die wilde hier in Heemstede zeker een klein argu-
ment inkuilen, om na de oorlog de *Weihnachtsmann*
te kunnen spelen, als de grote vriend van het verzet.
Dat zou de Gestapo interesseren. Die jongen mocht
blij zijn dat hij nog leefde. Hoe kwam hij aan dat
bloed op zijn gezicht?

Anton stond weer in het wachtlokaal en zag een gehandschoende wijsvinger op zich gericht. Bloed? Hij voelde aan zijn wangen. Een agent wees op een ronde scheerspiegel, die aan een stalen beugel tegen de muur hing. Hij ging op zijn tenen staan en zag in het vergrotende glas de bloedige, opgedroogde sporen van haar vingers over zijn witte gezicht en in zijn haren.

'Dat is niet van mij.'

Dan was het dus van haar, riep de officier. Ook dat nog! Zij was gewond, onmiddellijk een arts hierheen, hij had haar nog nodig. Wat die jongen betreft, voor vannacht naar de Ortskommandantur met hem, morgen afleveren bij familie. En vlug wat, *bisschen Ruck-Zuck*, halve gare kaaskoppen die zij waren. Geen wonder, dat zij om de haverklap *abgeknallt* werden. *Oberinspektor* Ploeg! Ging een beetje fietsen in het donker, die *Vollidiot*!

Gehuld in een paardedeken werd hij door een gehelmde duitser mee naar buiten genomen, waar de kristallen nacht weer hing. Voor de deur stond een Mercedes, van de officier natuurlijk, met een linnen dak en grote compressors naast de motorkap. De duitser had een karabijn op zijn rug; de slippen van zijn lange donkergroene jas waren om zijn benen samengeknoopt, zodat hij de logge, wijdbeense gang van een beer had. Anton moest achterop zijn motorfiets gaan zitten en zich goed aan hem vasthouden. Hij plooide de deken om zich heen, omvatte de reusachtige schouders en drukte zijn bovenlichaam tegen de rug met het geweer.

Slippend en slingerend reden zij onder de sterren door de verlaten straten naar Haarlem, een tocht van nog geen tien minuten. De sneeuw knerpte onder de banden, en het was of zelfs het knetteren van de motor de stilte niet kon verbreken. Voor het eerst van zijn leven zat hij op een motorfiets. Ondanks de kou moest hij zich inspannen om niet meteen weer in slaap te vallen. Het was tegelijk licht en donker. De nek van de duitser, zo vlak voor zijn ogen: een streep vel met korte, donkere haren tussen het rubber van de jas en het staal van de helm. Hij dacht aan een gebeurtenis van een jaar geleden, in het zwembad. Op een bepaald uur moest het ontruimd zijn voor de Wehrmacht, maar hij treuzelde zo lang in zijn hokje tot het te laat was. Hij had de colonne al horen aankomen buiten, met gezang en stampende laarzen. *Hei-li hei-lo heila!* Daverend braken de soldaten even later de stille ruimte binnen, klossend, lachend, brullend. Hij hoorde geen deuren van hokjes, zij kleedden zich uit in de gemeenschappelijke ruimte; een minuut later kletsten hun naakte voeten richting zwembad. Toen het stilgeworden was, waagde hij zich te voorschijn. Aan het eind van de gang tussen de hokjes, achter de glazen deur, zag hij hen: plotseling op een onbegrijpelijke manier in mensen veranderd, gewone mannen, allemaal naakt, witte lichamen met bruine gezichten en nekken, armen die halverwege de elleboog bruin werden. Hij maakte dat hij wegkwam. In de kleedruimte – die anders alleen door arme mensen werd gebruikt – zag hij de verlaten uniformen hangen, de bivakmutsen, de koppels, de laarzen. De dreiging daar, de gewelddadige rust.. Met de beweging waarmee een slaapdronkene overeind komt, in zo'n gewichtloze zweving, maken de uniformen zich los van hun plek en gaan naar een brandende stapel takkenbossen, hoge vlammen, vlak onder de houten luifel van een wit landhuis, – maar gelukkig is alles onder water, in een kanaal, of in een zwembad; sissend doven de vlammen…

Hij schrok wakker. Zij stonden in de Hout, bij de doorgang in de tankwal, die rond de Ortskommandantur gegraven was. Overal zag hij prikkeldraad. Een schildwacht liet hen passeren. In de duisternis van het binnenterrein was nog drukte van vrachtwagens en andere auto's, kleine horizontale streepjes licht in het afgedekte glas van hun koplampen, waarboven kleine afdakjes waren aangebracht. Het lawaai van de motoren en claxons en het geschreeuw stond in geheimzinnige tegenstelling tot de behoedzaamheid, die met het licht in acht werd genomen.

De soldaat zette zijn motor op de standaard en nam Anton mee naar binnen. Ook daar was het bedrijf nog in volle gang met heen en weer lopende militairen, rinkelende telefoons en ratelende schrijfmachines. In een kleine, warme zijkamer moest hij wachten op een houten bank. Door de openstaande deur keek hij in de lengterichting van een gang – en daar zag hij plotseling meneer Korteweg. Met een soldaat zonder pet, die wat papieren onder zijn arm had, kwam hij uit een deur, kruiste de gang en verdween in de tegenoverliggende deur. Zij wisten zeker al wat hij gedaan had. Bij de gedachte, dat zijn

59

rs dus ook wel hier zouden zijn, gaapte Anton,
de opzij en viel in slaap.

Toen hij wakker werd, keek hij in de ogen van een al
wat oudere Feldwebel in een slobberig uniform en te
wijde driekwartlaarzen, die hem vriendelijk toe-
knikte. Hij lag in een andere kamer, onder een wol-
len deken op een rode sofa. Het was licht buiten.
Anton beantwoordde de glimlach. Het besef dat zijn
huis niet meer bestond, kwam even in hem op, maar
het verdween onmiddellijk. De Feldwebel trok een
stoel naderbij en zette er een emaille kroes warme
melk op en een bord met drie grote, ellipsvormige,
donkerbruine boterhammen, besmeerd met iets in
de kleur van matglas, – waarvan hij jaren later, op
doorreis in Duitsland, naar zijn huis in Toscane, zou
leren dat het ganzevet was geweest: *Schmalz*. Nooit
meer zou iets smaken, zoals dat toen smaakte. Ook
niet de duurste diners in de beste restaurants ter
wereld, bij Bocuse in Lyon, bij Lasserre in Parijs, die
hij op de terugreis aandeed, zo min als de kostelijkste
Lafite-Rothschild of Chambertin kon tippen aan die
warme melk van toen. Wie nooit honger heeft gehad, zal meer genieten aan tafel; maar wat eten is,
weet hij niet.
    'Schmeckt, gelt?' zei de Feldwebel.
    Nadat hij nog een tweede beker melk had gehaald
en geamuseerd had toegekeken, hoe ook die werd
verzwolgen, moest Anton zich wassen aan een fon-
teintje in de w.c. In de spiegel zag hij de bloedvegen
op zijn gezicht roestbruin geworden; aarzelend,

stukje bij beetje haalde hij het enige dat hij van haar bezat weg. Vervolgens werd hij, met een arm rond zijn schouders, naar de kamer van de Ortskommandant gebracht. Op de drempel weifelde hij, maar de Feldwebel beduidde hem dat hij in de leunstoel voor het bureau moest gaan zitten.

De Ortskommandant, de militaire gouverneur van de stad, was aan het telefoneren en keek even naar hem, zonder hem echt te zien maar met een geruststellend, vaderlijk knikje. Een kleine dikke man met kortgeknipt wit haar, in het grijze uniform van de Wehrmacht; zijn koppel met pistool lag naast zijn pet op het blad van de schrijftafel. Ook stonden er vier ingelijste foto's, waarvan Anton alleen de achterkant zag, met de uitgeklapte, driehoekige steuntjes. Aan de muur tegenover hem hing een portret van Hitler. Hij keek uit het raam, naar de kale, beijzelde, onaandoenlijke bomen, waarvoor het nooit oorlog is. De Ortskommandant legde de hoorn op de haak, maakte een aantekening, zocht nog wat in mappen, legde toen zijn handen over elkaar op het vloeiblad en vroeg of Anton goed geslapen had. Hij sprak nederlands, met een zwaar accent, maar goed verstaanbaar.

'Ja meneer,' zei Anton.

'Het is verschrikkelik wat gistern alles gebuurd is.' De Ortskommandant schudde een tijdje zijn hoofd. 'De wereld is een Jammertal. Het is overal datzelfde. Main hois in Linz is ook ausgebombt. Alles kaputt. Kinder dood.' Knikkend bleef hij Anton aankijken. 'Je wilt toch wat zeggen,' zei hij. 'Zeg maar.'

'Zijn mijn vader en moeder misschien hier? Die zijn gisteren ook meegenomen.' Hij begreep dat hij niet over Peter moest praten, want dan zou hij hem misschien op een spoor brengen.

De Ortskommandant begon weer in papieren te bladeren.

'Dat was een andere Dienststelle. Spait mij, da kann ik niets doen. Alles is momentan ja in de war. Ik denk, die zitten ergens in de omgeving. Da moeten wai afwachten. De oorlog kann ja überhaupt niet lang meer duurn. Dann zal dat alles een boze droom geweest zain. Na,' zei hij plotseling met een lach en strekte allebei zijn armen naar Anton uit, 'wat doen wai nu met jou? Blaif je bai ons? Word je soldaat?'

Anton glimlachte ook en wist niet wat hij zeggen moest.

'Wat wil je later worden...' – hij keek even op een kleine grijze kaart – 'Anton Emanuel Willem Steenwijk?'

Anton begreep, dat hij daar zijn stamkaart had.

'Ik weet nog niet. Misschien vliegenier.'

De Ortskommandant glimlachte, maar de glimlach verdween meteen.

'So,' zei hij en schroefde een dikke oranje vulpen open. 'Nu moeten wai mal terzake komen. Heb je familie in Haarlem?'

'Nee meneer.'

De Ortskommandant keek op.

'Helemaal geen familie?'

'Alleen in Amsterdam. Mijn oom en mijn tante.'

'Denk je, je kunt zo lang da wonen?'

'Vast wel.'
'Hoe heet die oom?'
'Van Liempt.'
'Voornaam?'
'Eh... Peter.'
'Beroep?'
'Dokter.'

Het idee, dat hij een tijdje bij zijn oom en tante zou intrekken, maakte hem blij. Hij dacht vaak aan hun mooie huis in de Apollolaan, op een of andere manier had het iets mysterieus' voor hem: misschien kwam dat door de grote stad, die er omheen lag.

Terwijl de Ortskommandant naam en adres opschreef, zei hij gedragen:

'Phöbus Apollo! Der Gott des Lichtes und der Schönheit!' Plotseling keek hij op zijn horloge, legde zijn pen neer en kwam overeind. 'Moment,' zei hij en ging snel de kamer uit. Op de gang riep hij iets tegen een soldaat, die stampend wegholde. 'Dadelik gaat een klain konvooi naar Amsterdam,' zei hij toen hij terugkwam, – 'kun je meteen meevaren. Schulz!' riep hij. Dat bleek de Feldwebel te zijn. Hij moest Anton begeleiden naar Amsterdam. Hijzelf zou snel een *Notiz* schrijven voor de *Behörden* daar; intussen moest de jongen warm aangekleed worden. Hij ging naar Anton toe, gaf hem een hand en legde de andere op zijn schouder. 'Goede rais, Herr Fliegergeneral. Wees maar zeer flink.'

'Ja meneer. Dag meneer.'

'Servus, Kleiner.'

Hij werd nog even met een gekrulde wijs- en

middelvinger in zijn wang geknepen en vervolgens de kamer uit geleid.

In een bedompte, koude voorraadkamer zocht Schulz kleren voor hem uit, daarbij pratend in een dialect, waar Anton geen woord van verstond. Lange rijen soldatenjassen en laarzen, op planken rijen nieuwe helmen. Hij kwam te voorschijn met twee dikke, grijze truien, die Anton over elkaar aan moest trekken; om zijn oren werd een sjaal geknoopt, en daar overheen moest een helm. Toen het zware ding wiebelend over zijn oren zakte, propte Schulz papier achter het leren binnenwerk, trok de veters stevig aan, waarna het wat beter zat. Van een afstand bekeek hij hem en schudde ontevreden zijn hoofd. Helemaal links uit de rij nam hij een jas en hield die tegen hem aan. Daarop haalde hij uit een la een reusachtige schaar, legde de jas op de grond, en met grote ogen zag Anton, dat er zo maar een jas voor hem op maat werd geknipt: van de onderkant ging een brede strook af en ook van de mouwen. Om zijn middel werd een rafelig touw geknoopt, zodat alles op zijn plaats bleef. Tot slot kreeg hij nog een paar grote, gevoerde handschoenen aan, waarna Schulz in lachen uitbarstte, een onverstaanbare zin uitsprak en nog harder begon te lachen.

Als zijn vriendjes hem nu eens zo konden zien! Maar die zaten zich thuis te vervelen en wisten van niks. Boven hulde Schulz zich ook in jas en helm; en nadat hij bij de Ortskommandant de brief had gehaald, die hij op de gang in zijn binnenzak stopte, gingen zij het gebouw uit.

Uit de donkere lucht vielen heel dunne naaldjes glinsterend ijs. Bij de garage, aan de andere kant van het afgeschutte terrein, stond de kleine colonne al te wachten. Vier hoge, met grauw zeildoek afgedekte vrachtauto's; aan kop een lange, open wagen: op de voorste bank, naast de chauffeur, zat een officier ontevreden te kijken of zij haast kwamen, op de twee banken er achter vier dik ingepakte soldaten met machinepistolen op hun schoot. Zelf moest hij in de cabine van de eerste vrachtwagen, tussen een norse soldaat achter het stuur en Schulz. Wat gebeurde er niet allemaal! Anton, nog te jong om werkelijk aan het verleden te kunnen denken, onderging elke nieuwe gebeurtenis als iets, dat het voorgaande verdrong en vrijwel ongedaan maakte.

Door de periferie van de stad reden zij Haarlem uit en kwamen op de lange, rechte tweebaansweg naar Amsterdam, langs de oude trekvaart. Er was verder geen verkeer. Links hingen de bovenleidingen van de trein en de tram in sierlijke bogen op de grond, de rails stonden hier en daar overeind als voelhoorns van een slak, soms lagen ook de masten omver. Aan alle kanten het dichtgevroren land. Zij reden langzaam; door het kabaal in de cabine kon er niet gesproken worden. Alles was van smerig, sidderend ijzer, dat hem op een of andere manier meer over de oorlog vertelde dan alles wat hij er van gehoord had. Het vuur en dit ijzer—dat was de oorlog.

Zonder iemand tegengekomen te zijn reden zij door Halfweg, langs de doodse suikerfabriek, en kwamen op het laatste stuk van de twintig kilometer naar Amsterdam. Aan de horizon zag hij de stad al liggen, achter de zandwal, daar ooit opgeworpen voor een ringweg, zoals zijn vader hem had verteld. Toen zij langs de ondergesneeuwde turfstekerijen reden, stuurde de voorste auto opeens scherp de berm in, terwijl de soldaten met hun armen zwaaiden, schreeuwden en uit de wagen sprongen. Op hetzelfde ogenblik zag ook Anton het vliegtuig: niet groter dan een mug vloog het in de verte dwars over de weg. De chauffeur trapte op de rem, terwijl hij brulde:

'Raus!'

Zonder de motor af te zetten sprong hij naar buiten, Schulz aan zijn andere kant deed hetzelfde. Overal vandaan klonk geschreeuw, de mannen vooraan hurkten achter hun auto, hun machinepistolen schietklaar voor hun borst. Opzij schreeuwde iemand naar hem, gebaarde, hij zag het uit zijn ooghoeken, het was Schulz, maar Anton kon zijn ogen niet afhouden van het dingetje, dat een boog beschreef tot boven de weg en toen recht op hem af kwam, plotseling snel groter wordend. Het was een Spitfire, nee een Mosquito, nee een Spitfire. Gebiologeerd keek hij in het bevende ijzer hoe het naar hem toe kwam, alsof het van hem hield: het kon hem niets aandoen, hem, hij stond immers aan hun kant, dat wisten zij toch – gisteren nog… Onder de vleugels zag hij flitsend geknetter, nietige gebeurtenisjes, de moeite niet waard. Ook op de grond barstte het vuren los, aan alle kanten gierde en knalde en ratelde het; hij voelde de klappen van inslagen, en omdat hij

66

dacht dat het toestel hem zou rammen dook hij weg onder het dashboard, terwijl het loeien van de motor over hem heen trok als een wals.

Even later werd hij onder het stuur door uit de auto getrokken en de berm in gesleurd, waar hij aan weerszijden van de straat wel honderd soldaten overeind zag komen. Verderop, bij de laatste vracht- auto, waar rook uit opsteeg, werd gekermd. Toen de machine in de wolken verdween en niet terug bleek te keren, renden de meesten daarheen. Met een hart dat nog steeds bonkte, ging Anton naar de overkant om zich bij de Feldwebel te voegen. IJssplinters zo groot als grammofoonnaalden waaiden in zijn ge- zicht. Aan de andere kant van de vrachtwagen, vlak bij de treeplank, draaiden twee soldaten voorzichtig een lichaam om. Het was Schulz. De zijkant van zijn borst was veranderd in een donkere poel van bloed en flarden, ook uit zijn neus en mond liep bloed. Hij leefde nog, maar zijn gezicht stond in zo'n kramp van pijn, dat Anton wist dat hij daar onmiddellijk iets aan moest doen. Het was minder door de aanblik van al dat bloed dan door zijn onmacht, dat hij zich opeens misselijk en zwetend afwendde. Hij duwde de helm van zijn hoofd, trok de sjaal los en tastte naar het sidderende spatbord, terwijl het braaksel uit zijn opengesperde keel spoot. Bijna op hetzelfde ogenblik vloog de achterste vrachtwagen in brand.

Wat er verder gebeurde, drong nauwelijks tot hem door. De helm werd weer op zijn hoofd gedrukt en iemand bracht hem naar de open auto. De officier schreeuwde bevelen, Schulz en de andere gewonden, misschien ook doden, werden in de derde vrachtwagen gelegd; alle andere soldaten moesten in de eerste en de tweede. Een paar minuten later was de colonne weer op weg, de brandende auto achterlatend waar hij stond.

Terwijl Amsterdam naderde, schreeuwde de officier onophoudelijk voor hem langs tegen de chauffeur. Opeens vroeg hij Anton wie hij eigenlijk was, *verflucht nochmal*, en waar hij heen moest. Anton verstond het, maar de adem in zijn borst schokte zo, dat hij niet kon antwoorden, waarop de officier een wegwerpend gebaar maakte en zei, dat het hem ook eigenlijk *scheissegal* was. Onafgebroken had Anton het gezicht van Schulz voor ogen. Hij had vlak bij de auto gelegen, hij had hem nog uit de cabine willen halen. Het was zijn schuld, en nu ging hij vast dood...

Door de zandwal reden zij de stad binnen. Een eind verder, op een hoek, kwam de officier overeind en beduidde de chauffeur van de eerste twee vrachtwagens, dat zij rechtdoor moesten rijden, –even zag Anton zijn eigen braaksel op de motorkap van de voorste, –waarna hij de chauffeur van de derde wenkte, hem te volgen. Een tijdje reden zij langs een brede gracht, waar nauwelijks mensen liepen; nu en dan kruisten zij een straat, waar groepen vrouwen en kinderen in vodden iets zochten tussen de verroeste tramrails, waar zij de stenen hadden weggebroken. Door nauwe, stille straten met vervallen huizen bereikten zij de poort van het Westergasthuis. Daarachter was het hospitaal een stad op zichzelf, met straten en grote gebouwen. Bij een barak, waar een gepunte richtingwijzer met 'Lazarett' stond, stopten zij. Meteen holden een paar verpleegsters te voorschijn, die er heel anders uitzagen dan Karin: in donkere jassen tot op hun enkels, met veel kleinere witte kapjes, die als zakjes hun haren omvatten. De officier en de mannen op de achterbanken stapten uit, maar toen Anton hen wilde volgen, hield de chauffeur hem tegen.

Met hun tweeën reden zij de stad weer in. Met een loden zwaarte in zijn hoofd keek Anton om zich heen. Na een paar minuten passeerden zij de achterkant van het Rijksmuseum, waar hij met zijn vader was geweest, en kwamen op een weids plein, waarvan het middengedeelte was afgerasterd; ook stonden er twee reusachtige, rechthoekige bunkers. Aan het andere eind, recht tegenover het Rijksmuseum, stond een gebouw in de vorm van een griekse tempel, met een lier op het dak; onder het tympanon in grote letters: CONCERT-GEBOUW. Er voor een laag bouwsel met het opschrift 'Wehrmachtheim Erika'. Links en rechts grote, alleenstaande villa's, waarvan een aantal kennelijk bij de duitsers in gebruik was. Bij één er van stopten zij. Een schildwacht met een geweer over zijn schouder wierp een blik op Anton en vroeg aan de chauffeur, of dit misschien de laatste lichting was.

Ook in de hall werd om hem gelachen: de kleine jongen met zijn helm en veel te grote jas, – maar daar werd een eind aan gemaakt door een officier, die juist de trap op wilde gaan. Hij droeg glanzende,

hoge laarzen en allerlei tressen en insignes en lintjes;
ook om zijn nek hing een IJzeren Kruis. Misschien
was hij wel een generaal. Met vier jonge officieren
iets achter zich bleef hij staan en vroeg, wat dit voorstellen moest. Anton kon niet verstaan wat de chauffeur, stram in de houding gesprongen, antwoordde;
maar het ging natuurlijk over de luchtaanval. Terwijl hij luisterde, haalde de generaal een platte
egyptische sigaret uit een doosje en klopte hem aan
op het deksel, waar Anton 'Stambul' op zag staan;
meteen hield een officier hem een lucifer voor. Hij
legde zijn hoofd even in zijn nek, blies de rook lood-
recht omhoog, stuurde de chauffeur met een hand-
beweging weg en Anton moest mee naar boven. De
andere officieren fluisterden en lachten een beetje.
De kaarsrechte rug van de generaal helde iets naar
voren, minstens wel in een hoek van twintig graden,
schatte Anton.

In een grote kamer beval hij Anton met een geër-
gerd gebaar, eerst eens al die onzin uit te trekken.
Hij zag er uit als een bengel uit het ghetto van
Bialystok, zei hij, waarop de officieren weer glim-
lachten. Terwijl Anton deed wat hem gezegd was,
opende de generaal een deur en snauwde iets een
zijkamer in. De andere officieren hielden zich op de
achtergrond; één ging elegant in de vensterbank zitten en stak ook een sigaret op.

Toen Anton voor het bureau zat, kwam een knap,
slank meisje binnen, in een zwarte jurk en met blond
haar, dat aan de zijkanten opgestoken was maar van
achteren omlaag hing. Zij zette een kop koffie met

70

melk voor hem neer; op de rand van het schoteltje lag een plak melkchocolade.

'Alsjeblieft,' zei zij in het nederlands, 'dat lust je vast wel.'

Chocola! Hij wist bijkans alleen nog van horen zeggen, dat dat bestond – het was zoiets als het paradijs. Maar hij kreeg nog geen gelegenheid er van te eten, want de generaal wilde nu van begin af aan horen, wat er gebeurd was. Het meisje fungeerde als tolk. Naar het eerste deel van het verhaal, over de aanslag en de brandstichting, – waarbij Anton even begon te huilen (maar het was al zo lang geleden) – luisterde hij onbewogen, alleen nu en dan voorzichtig met de palm van zijn hand over zijn gladgeborstelde haar strijkend, en met de rug van zijn vingers langs zijn glimmende kaken; maar bij elk volgend stadium scheen hij zijn oren niet te kunnen geloven. 'Na, so was!' riep hij toen hij hoorde, dat Anton in een cel onder een politiebureau was opgesloten. 'Das gibt es doch garnicht!' Dat daar al iemand anders had gezeten, verzweeg Anton. Dat hij vervolgens naar de Ortskommandantur was gebracht, kon er bij hem ook niet in: 'Unerhört!' Waren er dan geen kindertehuizen in Haarlem? De Ortskommandantur! 'Das ist doch wirklich die Höhe!' En de Ortskommandant had hem met een militair konvooi naar Amsterdam gestuurd, om naar zijn oom te gaan? Terwijl het overal vol *Tiefflieger* zat? Waren die dan allemaal gek geworden daar in Haarlem? 'Da steht einem doch der Verstand still! Das sind ja alles flagrante Verstösse!' Hij hief zijn armen op en

71

liet ze met de vlakke handen slap op het bureau vallen. De officier in de vensterbank schoot in de lach om de kleurrijke verontwaardiging van de generaal, waarop deze zei: 'Ja, lachen Sie nur'. Of de heren in Haarlem misschien nog zo attent waren geweest, Anton een boodschap mee te geven? En zijn papieren, om maar eens wat te noemen?

'Ja,' zei Anton—maar op hetzelfde ogenblik zag hij de Feldwebel de brief weer in zijn binnenzak stoppen: op de plaats, waar een half uur later die verschrikkelijke wond zat.

Toen hij weer begon te huilen, stond de generaal geïrriteerd op. Wegbrengen en kalmeren. En onmiddellijk Haarlem bellen. Of nee, laat die maar gaarsmoren in hun eigen vet. De oom halen en die jongen mee laten nemen.

Het meisje legde een hand op zijn schouders en leidde hem de kamer uit.

Toen zijn oom een uur later verscheen, zat hij nog steeds te snikken in een wachtkamer, zijn mondhoeken bruin van de chocolade. Op zijn schoot lag een *Signal*, opengeslagen bij een dramatische tekening van een luchtgevecht. Zijn oom gooide het op de grond, knielde bij hem neer en drukte hem zwijgend tegen zich aan. Maar hij stond meteen op en zei:

'Kom, Anton, weg hier.'

Anton keek in de ogen van zijn moeder.

'Heeft u het al gehoord, oom Peter?'

'Ja.'

'Ik heb ergens nog een jas…'

'Weg hier.'

Aan de hand van zijn oom, zonder jas maar in de twee truien, liep hij de winterdag in. Hij snikte, maar hij wist nauwelijks nog waarom, het was of met zijn tranen ook zijn herinneringen weggevloeid waren. Zijn andere hand werd koud en hij stopte hem in zijn zak, waar hij iets voelde dat hij niet thuis kon brengen. Hij keek: het was de dobbelsteen.

Tweede episode

1952

I

De rest is naspel. De aswolk uit de vulkaan stijgt naar de stratosfeer, draait om de aarde en regent nog ja-ren later op alle continenten neer.

Toen er een paar dagen na de bevrijding in mei nog geen bericht van zijn ouders en Peter was, ging zijn oom 's morgens vroeg op de fiets naar Haarlem om te proberen, daar iets aan de weet te komen. Zij waren kennelijk in arrest gehouden, ofschoon dat ongebruikelijk was bij zulke represailles; maar zelfs als zij naar een concentratiekamp waren gebracht, in Vught, of Amersfoort, zouden zij nu vrij moeten zijn. Alleen de overlevenden uit de duitse kampen waren nog niet terug.

Anton ging die middag met zijn tante naar het centrum. De stad zag er uit als een stervende, die plotseling een blos vertoont, de ogen opslaat en wonderbaarlijk tot leven komt. Overal vlaggen uit verveloze kozijnen, overal muziek en gedans en ge-hos in de stampvolle straten, waar het gras en de distels tussen de stenen groeiden. Bleek, vermagerd volk dromde lachend om dikke canadezen met ba-retten op in plaats van petten, niet in het grijs, zwart of groen, maar in beige en lichtbruine uniformen, die niet in een ijzeren snit om hen heen zaten maar los en gemakkelijk, als vrijetijdskleding, met nauwe-lijks zichtbaar verschil tussen soldaten en officieren. Jeeps en pantserwagens werden aangeraakt als heilige voorwerpen, en wie engels kon spreken kreeg zelf deel aan dat hemelse domein, dat op aarde was neergedaald; en bovendien misschien een sigaret. Jongens van zijn eigen leeftijd zaten triomfantelijk op radiators, waar witte sterren in cirkels op stonden; maar zelf deed hij niet mee. Niet omdat hij bezorgd was om zijn ouders en Peter, want daar dacht hij niet aan, maar eerder omdat dit alles niet echt van hem was—en het ook nooit zou zijn. Zijn wereld was die andere, waaraan nu gelukkig een eind was gekomen en waaraan hij niet meer denken wilde, maar die toch de zijne was, zodat er alles bij elkaar weinig overbleef voor hem.

Tegen etenstijd kwamen zij thuis en hij ging naar zijn kamer, die al helemaal voor hem was ingericht. Zijn oom en tante waren kinderloos gebleven en behandelden hem als hun eigen zoon,—en dat is dan altijd met meer aandacht dan wanneer het de eigen zoon betreft, terwijl het tegelijkertijd minder scherpe kanten heeft. Soms dacht hij er aan, hoe het zou zijn als hij weer bij zijn ouders zou intrekken, in Haarlem, en dat bracht hem in verwarring, zodat hij het snel van zich af zette. Hij vond het prettig daar in de dokterswoning aan de Apollolaan, maar juist omdat hij zich *niet* de zoon van zijn oom en tante voelde.

Zijn oom placht altijd even aan te kloppen, eer hij binnenkwam. Toen Anton zijn gezicht zag, wist hij welke boodschap hij kwam brengen. Om zijn rechter enkel zat nog de stalen klem, waarmee hij bij het fietsen zijn broekspijp beschermde. Hij ging op de bureaustoel zitten en zei, dat Anton zich moest voorbereiden op een heel treurige mededeling. Zijn vader en moeder waren nooit in gevangenschap geweest. Zij waren die avond ook gefusilleerd, tegelijk met negenentwintig gijzelaars. Wat er met Peter was gebeurd, wist niemand: wat dat betreft was er dus nog hoop. Hij was bij de politie geweest, maar daar wist men alleen van de gijzelaars. Vervolgens was hij naar de kade gegaan, naar de buren. Bij Aarts, in 'Rustenburg', was niemand thuis geweest; bij Korteweg waren ze wel thuis, maar ze hadden hem niet ontvangen. Bij de familie Beumer had hij het ten slotte gehoord. Meneer Beumer had het gezien. Van Liempt trad niet in details; Anton vroeg er ook niet naar. Hij zat op zijn bed, met de muur aan de linkerkant, en keek naar de vlammen in het grijze zeil. Hij had het gevoel, dat hij het aldoor al had geweten. Van Liempt vertelde, dat het echtpaar Beumer heel blij was geweest om te horen dat hij, Anton, nog leefde. Hij trok de klem van zijn enkel en bleef haar in zijn handen houden. Zij had de vorm van een hoefijzer. Het sprak natuurlijk vanzelf, zei hij, dat Anton nu verder hier bleef wonen.

Dat Peter die avond ook was doodgeschoten, daarvan kwam het bericht pas in juni. Dat was toen al een boodschap uit voorhistorische tijden, inmiddels onvoorstelbaar. Die afstand van vijf maanden tussen januari 1945 en juni 1945 was voor Anton onvergelijkelijk veel langer dan de afstand tussen juni 1945 en de huidige dag: in die vervorming van de tijd school later zijn onmacht om zijn kinderen duidelijk te maken, wat de oorlog was geweest. Zijn familie was ontweken naar een domein, waar hij zelden aan dacht maar waar op onverwachte momenten soms een flard van opdook: als hij op school uit het raam keek, of op het achterbalkon van de tram: een donker oord van kou en honger en schoten, bloed, vlammen, geschreeuw, kerkers, ergens diep in hemzelf en daar vrijwel hermetisch afgesloten. In die ogenblikken was het of hij zich een droom herinnerde, maar minder *wat* hij had gedroomd als wel *dat* hij een nachtmerrie had gehad. Alleen in het hart van die hermetische duisternis schitterde soms een verblindend lichtpunt: de vingertoppen van dat meisje over zijn gezicht. Of zij iets met de aanslag te maken had gehad, en hoe het haar verder was vergaan, wist hij niet. Hij wilde het ook niet weten.

Als geen goede leerling en geen slechte doorliep hij het gymnasium en ging medicijnen studeren. Toen was er al veel gepubliceerd over de bezetting, maar dat las hij niet, ook geen romans of verhalen over die tijd. Even min ging hij naar het Rijksinstituut voor Oorlogsdocumentatie, waar hij misschien te horen had kunnen krijgen, wat er bekend was over de liquidatie van Fake Ploeg, en hoe Peter precies aan zijn eind was gekomen. Het gezin, waarvan hij deel had uitgemaakt, was onherroepelijk uitgeroeid, en aan die wetenschap had hij genoeg. Het enige dat hij wist, was dat de actie nooit in een proces ter sprake was gekomen, want dan had men hem wel ondervraagd. Ook de man met het litteken was dus nooit opgespoord (maar die was misschien nog door de

Gestapo uit de weg geruimd: het doet er niet toe, hij is de onbeduidendste van alle betrokkenen). Hij moest min of meer eigenmachtig opgetreden zijn. Huizen in brand steken waar nazi's waren neergeschoten, was niet ongebruikelijk; maar dat ook de bewoners terechtgesteld werden, dat was een terreur die eigenlijk alleen in Polen en Rusland werd toegepast – maar daar zou ook Anton zelf zijn afgemaakt, al had hij in de wieg gelegen.

2

Weg, intussen, zijn zo gauw de dingen niet. Toen hij tweedejaars was, in 1952, kreeg hij eind september een uitnodiging voor een feestje in Haarlem, bij een studiegenoot. Sinds hij zeven jaar eerder met een duits konvooi uit die stad was vertrokken, was hij er niet meer geweest. Aanvankelijk wilde hij niet gaan, maar het bleef de hele dag door zijn hoofd spelen. Na de lunch pakte hij plotseling de roman van een jonge haarlemse schrijver, die hij onlangs voor zichzelf had gekocht, en stapte op de tram naar het station, terwijl hij zich voelde als iemand die voor het eerst naar de hoeren gaat.

Voorbij de zandwal reed de trein onder een reusachtige stalen buis door, die aan de andere kant van de straatweg een dikke straal grijze blubber over de voormalige turfstekerijen uitbraakte. De vrachtwagen was weggehaald. Met zijn kin op zijn hand keek hij naar de drukte op straat. Ook de tram reed weer. Toen hij Halfweg was gepasseerd, zag hij het silhouet van Haarlem—nog steeds niet veel anders dan op de schilderijen van Ruysdael, al waren er toen nog bossen of bleekvelden op de plaats waar zijn huis had gestaan. Maar de lucht was dezelfde: massale Alpen, waar balken van licht tegen leunden. Wat hij zag, was geen stad als zoveel andere op aarde: zij verschilde er van zoals hijzelf van andere mensen.

Wie hem in die coupé uit het raam zag kijken, op

een blonde houten bank van de derde klas, in een geconfisqueerde wagon van de Reichsbahn, zag een lange, twintigjarige jongeman met sluik, donker haar, dat geleidelijk over zijn voorhoofd zakte, waarna hij het met een korte hoofdbeweging weer naar achteren wierp. Om een of andere reden had die beweging iets sympathieks, misschien omdat zij zich zo vaak herhaalde, waar iets geduldigs uit sprak. Hij had donkere wenkbrauwen en een gave huid in de tint van noten, rondom zijn ogen iets donkerder. Hij droeg een grijze broek, een blauwe blazer van dikke stof, een clubdas en een overhemd met opkrullende boordpunten. De rook, die hij met gespitste lippen tegen het raam blies, bleef steeds even in een dunne nevel tegen het glas kleven.

Met de tram ging hij naar het huis van zijn vriend. Hij woonde ook in Zuid, maar zijn familie had zich daar pas na de oorlog gevestigd, zodat hem geen vragen over vroeger te wachten stonden. Toen de tram met een bocht de Hout in reed, zag hij gedurende een minuut de voormalige Ortskommandantur. Het prikkeldraad en de tankwal waren verdwenen; er restte niets dan een uitgewoond, vervallen hotel met dichtgespijkerde ramen; de garage, ooit een restaurant, was een ruïne geworden. Vermoedelijk wist zelfs zijn vriend al niet meer, wat daar eens gevestigd was.

'Toch nog,' zei hij toen hij de deur opendeed.
'Sorry.'
'Dondert niet. Kon je het makkelijk vinden?'
'Dat ging wel.'

In de achtertuin van de villa stond onder hoge bomen een lange tafel met schalen vol aardappelsla en andere lekkernijen, flessen, stapels borden en bestek. Op een aparte tafel de cadeaus, waar zijn boek bij kwam te liggen. Overal op het gazon stonden en zaten al gasten. Nadat hij aan iedereen was voorgesteld, voegde hij zich bij het half aangeschoten groepje dat hij kende uit Amsterdam. Met glazen bier voor hun borst stonden zij in een kring aan de rand van het water, ook zij met te wijde blazers rond hun magere jongenslichamen. De leiding was kennelijk in handen van de oudere broer van zijn vriend. Hij studeerde tandheelkunde in Utrecht; aan zijn rechtervoet had hij een kolossale, vormeloze zwarte schoen.

'Ja, kijk eens hier, jullie zijn natuurlijk papjochies,' oreerde hij, 'daar moeten we van uitgaan. Het enige waar jullie aan denken is,–behalve aan aftrekken natuurlijk,–hoe jullie onder de militaire dienst uit moeten komen.'

'Jij hebt makkelijk praten, Gerrit-Jan. Jou willen ze niet eens hebben met die poot van je.'

'Ik zal je wat anders vertellen, vlerk. Als jij ook maar een greintje kloten had, ging je niet alleen onder dienst, maar meldde je je vrijwillig voor Korea. Jullie weten helemaal niet, wat daar aan de hand is. Daar bonken de barbaren op de poort van de christelijke beschaving!' Hij schudde zijn wijsvinger in de lucht. 'Daar waren de fascisten kleine jongens bij. Lees Koestler maar eens.'

'Ga jij er zelf maar heen en sla ze met die belachelijke schoen van jou hun hersens in, Quasimodo.'

'Goeie bal!' lachte Gerrit-Jan.

'Korea is net zoiets als de universiteit van Amsterdam,' merkte een ander op. 'Die wordt ook meer en meer overstroomd door onterechte klootzakken.'

'Mijne heren,' zei Gerrit-Jan en hief zijn glas, – 'laat ons drinken op de ondergang van het rode fascisme in binnen- en buitenland!'

'Ik heb ook het gevoel, dat ik eigenlijk mee zou moeten doen,' zei een jongen, die de toon van het gesprek niet helemaal had begrepen, 'maar er schijnen ook allerlei oud-SS'ers in het legioen te zitten. Ik heb gehoord, dat ze vrijstelling van vervolging krijgen als ze zich melden.'

'Nou en? Je loopt achter, man, met je SS. In Korea kunnen ze het mooi goedmaken.'

Goedmaken, dacht Anton, – mooi goedmaken. Hij keek tussen twee jongens door naar de overkant van de vijver, naar de stille lanen, waar fietsers reden en iemand zijn hond uitliet. Ook daar villa's. Iets verderop, maar hier vandaan niet te zien, stond de kleuterschool waar hij in de rij had gestaan voor de centrale keuken; nog een paar straten verder, iets meer naar links, achter de landjes, was de plek waar alles gebeurd was. Hij had hier niet moeten komen. Hij had nooit meer naar Haarlem mogen gaan, hij had het moeten begraven, zoals doden begraven worden.

'Zeker zacht ei staart thans peinzend in de verte,' zei Gerrit-Jan. En toen Anton hem aankeek: 'Ja, jij, Steenwijk. En? Wat is je conclusie?'

'Hoe bedoel je?'

'Gaan we de communisten te lijf, of blijven we de kantjes er vanaf lopen?'

'Ik heb mijn portie gehad,' zei Anton.

Op hetzelfde moment werd in de serre een pick up aangezet:

Thanks for the memory...

Hij glimlachte om de coïncidentie, maar toen hij zag dat de ander het niet opmerkte, haalde hij zijn schouders even op en wandelde bij hen vandaan. De muziek vermengde zich met de doorzonde schaduw onder de bomen tot een mengsel, dat op een of andere manier ook zijn herinneringen in een gloed zette. Hij was in Haarlem. Het was een warme nazomerdag, misschien de laatste van het jaar, en hij was weer in Haarlem. Dat was niet goed, en hij mocht er nooit terugkomen, al kon hij hier later een baan van honderdduizend gulden per jaar krijgen, – maar nu hij er eenmaal was, wilde hij voorgoed afscheid nemen: nu meteen.

'En jij, jongeman?'

Hij schrok op en keek in het gezicht van de gastheer. Een kleine man met grijs, opzij geborsteld haar, in een slechtzittend pak met te korte broekspijpen, zoals dat gebruikelijk is in een bepaalde sectie van de betere kringen in Nederland. Naast hem stond zijn vrouw, een verfijnde dame met een kromme rug, zo frêle en in het wit, dat het leek of zij ieder moment met een plofje uiteen kon dwarrelen tot stof.

'Ja, meneer Van Lennep,' zei hij, met een glimlach, ofschoon hij niet wist waarover het ging.

'Amuseer je je?'

'Ik doe mijn best.'

'Goed zo. Je ziet er anders hoogst bescheten uit, vrind.'

'Ja,' zei hij. 'Ik denk, dat ik even een blokje om ga. Neemt u mij niet kwalijk…'

'Wij nemen hier nooit iemand iets kwalijk. Vrijheid, blijheid. Ga jij maar rustig over je nek heen, dat lucht op.'

Langs theedrinkende familieleden in witte tuinstoelen ging hij het huis in en door de voordeur naar buiten. Hij sloeg een zijstraat in en even later liep hij langs de vijver. Toen hij aan de overkant was, keek hij naar het feestje op het gazon; de muziek die over het water kwam klonk hier nog bijna even duidelijk. Op hetzelfde ogenblik werd hij gezien door Gerrit-Jan.

'Hee! Verdomde Steenwijk! Het aanmeldingsbureau is de andere kant op!'

Met zijn hand maakte Anton een gebaar, waaruit moest blijken dat hij de grap waardeerde. Daarna keek hij niet meer om.

Hij nam niet de weg over de landjes, maar door de straat die met een flauwe bocht in de kade overging. Het deugde niet wat hij deed, dacht hij, er deugde niets van: 'de misdadiger keert terug naar de plaats van de misdaad'. Plotseling opgewonden herkende hij het visgraatmotief, waarmee de straatstenen waren gelegd. Vroeger was het hem nooit opgevallen, maar nu hij het zag wist hij, dat het altijd zo geweest was. Toen hij bij het water kwam, dwong hij zich zijn ogen gevestigd te houden op de overkant. De arbeidershuisjes, de kleine boerderijen, de molen, de weiden, alles onveranderd. De wolken waren verdwenen, stil graasden de koeien in de namiddagzon. Achter de horizon Amsterdam, dat hij nu beter kende dan Haarlem, maar alleen zoals men het gezicht van iemand anders beter kan kennen dan dat van zichzelf, want dat heeft men nooit gezien.

Hij stak over, naar het trottoir dat intussen langs de berm was aangelegd, liep nog een eindje, en pas toen keek hij met een ruk opzij.

3

De drie huizen. Een open plek tussen het eerste en
het tweede, als een gehavend gebit. Alleen het hek
was er nog. Het omvatte een dichte vegetatie van
brandnetels en struiken, met daartussen al ranke
boompjes, zoals die soms op zestiende-eeuwse schilderijen te zien zijn, met een engel op een heuvel en
een kraai die kwaadaardig naar een monsterachtig
mannetje staart. Er groeide veel meer onkruid dan
op de landjes er achter; misschien kwam het door al
die as, dat het daar zo vruchtbaar was. Hij moest
denken aan een verhaal van zijn oom, dat in de heuvels van Noord-Frankrijk ook zulke plekken lagen in
het akkerland, waar de boeren omheen ploegden,
omdat het massagraven zouden zijn uit de eerste
wereldoorlog. In de schaduw onder de brandnetels
moesten nog stenen zijn, stukken muur, fundamen-
ten, en in de aarde de kelder, zijn oude autoped er
uit geroofd, en met puin volgestort. Ook terwijl hij er
niet aan dacht, was het hier al die jaren zo geweest,
onafgebroken, zoals een ijsbreker van moment tot
moment door het poolijs ploegt.

Langzaam, zijn hoofd een beetje schuin, nu en
dan zijn haren naar achteren werpend, liep hij naar
de plek waar hij in de D K W had gezeten en keek weer
naar de lege ruimte. Terwijl mussen kabaal maakten
in de boompjes, zag hij het huis weer verrijzen: op-
gebouwd uit transparante stenen, het glas en het riet

van zijn herinnering: de erker, daarboven het kleine balkon van de slaapkamer, het spitse dak met links het uitgebouwde raam van zijn kamer. Op de schuin gezaagde plank onder het balkon:

Buitenrust

De naam van Kortewegs huis was overgeschilderd en verdwenen, maar 'Welgelegen' en 'Rustenburg' stonden er nog. Hij keek naar de plek, waar, in de oertijd, Ploeg had gelegen. Op de stenen visgraten zag hij hem, als een door de politie met astraal krijt getekende omtrek. Hij kreeg neiging om die plek aan te raken, zijn handen er op te leggen, en dat beviel hem niet. Toch ging hij nu langzaam naar de overkant, – maar eer hij er was, zag hij beweging voor het raam van 'Welgelegen'. Toen hij goed keek, herkende hij mevrouw Beumer. Zij had hem al gezien en zwaaide.

Hij schrok. Geen ogenblik had hij er aan gedacht, dat zij hier nog zou wonen, of één van de anderen. Dat was onvoorstelbaar! Het ging hem uitsluitend om de plek, niet om de mensen; ook als hij er thuis aan dacht, waren de Beumers en de Kortewegs en de Aartsen niet aanwezig. Dat ook de mensen dezelfden gebleven waren... hij wilde wegrennen, maar zij stond al in de deuropening:

'Tonny!'

Hij kon nog steeds weg, – en misschien was het zijn opvoeding, dat hij nu met een glimlach door het tuinhek naar haar toe ging.

'Dag mevrouw Beumer.'

'Tonny, jongen!' Zij greep zijn hand en legde haar andere arm om zijn middel, terwijl zij hem met korte rukjes tegen zich aan drukte, onhandig, als iemand die al lang niemand meer heeft omhelsd. Zij was veel ouder en kleiner dan toen, haar haren nu helemaal wit geworden, gepermanent in kleine krullen. Zij liet zijn hand niet los. 'Kom binnen,' zei zij, terwijl zij hem over de drempel trok. Er stonden tranen in haar ogen.

'Nou, ik moet eigenlijk—'

'Kijk toch eens, wie we hier hebben,' riep zij door de deur van de voorkamer.

In een fauteuil uit de vorige eeuw, die op dat moment nog niet modern was maar nog ouderwets (zoals ook nu weer, voor de tweede keer), zat meneer Beumer: zo oud en klein geworden, dat zijn kruin al niet meer tot het houtsnijwerk op de hoge rugleuning reikte. Zijn benen gingen schuil onder een bruingeblokt plaid, waarop zijn handen lagen, in voortdurende beweging; ook zijn hoofd knikte onafgebroken. Toen Anton zijn hand uitstak, kwam de andere hand als een gewond fladderende vogel naar hem toe; hij pakte hem vast en voelde geen hand maar de koele, levenloze afbeelding van een hand.

'Hoe gaat het met je, Kees?' vroeg hij met zachte, gebroken stem.

Anton keek naar mevrouw Beumer. Zij maakte een gebaar, dat het was zoals het was.

'Goed, meneer Beumer,' zei hij, 'dank u. Met u ook?'

Maar het uitspreken van de vraag had hem kennelijk al vermoeid. Hij knikte en zei niets meer, maar bleef Anton met kleine, waterig blauwe ogen aankijken; zijn mondhoeken glansden vochtig. De huid van zijn gezicht was zo dun als boterhampapier, de haren die hem restten hadden de strokleur die Anton zich herinnerde; misschien was hij vroeger rossig geweest. Uit een radio van donkerbruin bakeliet, in de vorm van een overlangs doorgesneden ei, weerklonk een kinderprogramma. Mevrouw Beumer was begonnen de tafel af te ruimen, kennelijk hadden zij al gegeten.

'Laat mij u helpen.'

'Nee, ga jij maar lekker zitten, dan zet ik een kop koffie.'

Hij ging schrijlings op de exotische kruk naast de haard zitten, die hij al zijn leven lang kende: een kameelzadel. Meneer Beumer wendde zijn ogen niet van hem af. Anton glimlachte even en keek rond. Er was niets veranderd. De vier rechte stoelen aan de eettafel, ook vol houtsnijwerk, zwartgelakt en met punten, iets gothisch' en griezeligs, waar hij vroeger een beetje bang voor was geweest als hij hier kwam om lekkers te halen. Boven de deur nog steeds het crucifix met het kronkelende, gelige lijk. Het rook zurig in de kamer, alle ramen waren dicht; ook de tussendeuren met de glas-in-loodruitjes. 'Wiedewiet,' zei een verdraaide vrouwenstem op de radio, 'ik zie je wel maar pluk je niet.' Opeens liet meneer Beumer een boer en keek verwonderd om zich heen, alsof hij ergens iets gehoord had.

'Waarom ben je niet eerder gekomen, Tonny?' riep mevrouw Beumer uit de keuken.

Hij stond op en ging naar haar toe. Op de gang zag hij, dat hun bed in de achterkamer stond, vermoedelijk omdat hij de trap niet meer op kon. Uit een fluitketel liet mevrouw Beumer een dun straaltje water op de koffie lopen.

'Dit is de eerste keer, dat ik weer in Haarlem ben.'

'Hij is heel slecht de laatste tijd,' zei mevrouw Beumer zacht. 'Doe maar net of je het niet merkt.'

Ja, wat anders? dacht Anton; in lachen uitbarsten en 'Klets niet zo'n onzin!' roepen zeker. Maar meteen hield hij het niet voor uitgesloten, dat dat misschien de betere methode was.

'Vanzelfsprekend,' zei hij.

'Weet je dat je eigenlijk helemaal niet veranderd bent? Je bent nu nog langer dan je vader was, maar ik herkende je meteen. Woon je nog steeds in Amsterdam?'

'Ja, mevrouw Beumer.'

'Dat weet ik omdat je oom hier kort na de bevrijding is geweest. Mijn man had je toen in die duitse auto zien wegrijden, en we hadden geen idee of je nog leefde. Niemand wist toch iets in die rottijd. Als je eens wist, hoe vaak we het over je hebben gehad. Kom.'

Zij gingen naar de kamer. Toen meneer Beumer Anton zag, strekte hij weer zijn hand uit, die Anton zwijgend drukte. Mevrouw Beumer legde het perzische kleed over de tafel, waarvan hij zich het patroon nog herinnerde, en schonk koffie in.

'Gebruik je suiker en melk?'

'Alleen melk, alstublieft.'

Uit een kleine steelpan goot zij wat hete melk in de wijde, lage kop.

'Dat je het nooit meer hebt willen zien...' zei zij, terwijl zij hem de kop aanreikte. 'Maar dat begrijp ik ook eigenlijk wel. Het was te erg allemaal. Er heeft wel een paar keer iemand anders staan kijken aan de overkant.'

'Wie was dat?'

'Geen idee. Een man.' Zij hield hem de koektrommel voor. 'Een kaakje?'

'Graag.'

'Zit je daar wel makkelijk? Kom toch aan tafel zitten.'

'Dit is toch mijn vaste plaats,' zei hij lachend. 'Weet u dat niet meer? Als uw man mij voorlas uit *De drie musketiers*?'

Mevrouw Beumer deed de radio uit en ging schuin aan de tafel zitten. Zij lachte met hem mee, maar even later verdween de lach, terwijl haar gezicht snel roder werd. Anton wendde zijn ogen af. Met duim en wijsvinger pakte hij het vel op zijn koffie, precies in het midden, en trok het langzaam omhoog, waarbij het zich dichtvouwde als een paraplu. Hij drapeerde het op de rand van de schotel en nam een slok van het slappe brouwsel. Er werd nu iets van hem verwacht, een vraag over vroeger, hij moest een opening geven, maar hij wilde er helemaal niet over praten. Zij dachten vermoedelijk dat hij geweldig met het verleden overhoop lag, nog elke

94

nacht er van droomde, maar de feiten waren dat hij er bijna nooit aan dacht. Voor die twee oude mensen, althans voor één van hen, zat hij hier in deze kamer als iemand, die hij niet was. Hij keek mevrouw Beumer aan. Er stonden weer tranen in haar ogen.

'Woont meneer Korteweg hier nog?' vroeg hij.

'Die is al een paar weken na de bevrijding verhuisd. Niemand weet waarheen. Hij heeft ook geen afscheid van ons genomen, Karin ook niet. Heel vreemd was dat. Hè Bert?'

Het was of zij het nog eens wilde proberen, en het leek of het knikken van meneer Beumers hoofd van instemming getuigde,—een instemmend knikken, dat pas met zijn dood zou ophouden, zo vreemd vond hij het. Hij had geen koffie gekregen: ongetwijfeld omdat zijn kopje leeg zou zijn eer het zijn mond had bereikt. Als er geen bezoek was, werd hij natuurlijk gevoerd.

'Negen jaar zijn we buren geweest,' zei mevrouw Beumer, 'de hele oorlog hebben we samen beleefd, en dan opeens zonder een woord vertrekken. Ik zal de mensen nooit helemaal begrijpen. Nog dagenlang heeft er een hele stapel aquaria op de stoep gestaan, om weggehaald te worden door de Gemeentereiniging.'

'Dat waren terraria,' zei Anton.

'Van die glazen dingen. Ach, hij was een heel ongelukkige man. Toen zijn vrouw pas gestorven was, is hij hier een paar keer geweest. Kun jij je mevrouw Korteweg nog herinneren?'

'Heel vaag. Niet echt.'

'Dat was ook al in tweeënveertig, of drieënveertig. Hoe oud was je toen?'

'Tien.'

'Nu woont er een leuk jong stel met twee kleine kinderen.'

De terraria. Hij herinnerde zich Korteweg als een grote, stuurse man, die hem groette maar verder nooit iets tegen hem zei. Als hij thuiskwam, trok hij altijd meteen zijn jasje uit en rolde de mouwen van zijn overhemd hoog op, maar op een rare manier, naar binnen, zodat er een soort pofmouwen ontstonden, met harige armen er onder uit. Daarna ging hij meestal meteen naar boven, iets geheimzinnigs doen, waar Anton nieuwsgierig naar was. Karin zat vaak te zonnen in een ligstoel, haar donkerblonde haar opgestoken en haar rok tot ver boven haar knieën, zodat hij soms zelfs een glimp van haar broekje zag. Zij had bleekblauwe, iets uitpuilende ogen en stevige, mooi gevormde kuiten, die hem deden denken aan de doorsnee van vliegtuigvleugels, zoals die stonden afgebeeld in *Vliegwereld*. Als hij 's avonds in bed aan haar dacht, kreeg hij vaak een erectie, maar wat hij daarmee doen moest wist hij niet, zodat hij maar ging slapen. Was hij door het gat in de heg in haar tuin gekropen, dan bleek zij altijd bereid het bruinworden te onderbreken voor een spelletje ganzebord. Zij loenste een beetje, wat haar heel goed stond. Op een dag, nadat hij haar geheimhouding had beloofd, liet zij hem de hobby van haar vader zien. Boven, in de achterkamer, stonden rondom op smalle tafels tien of vijftien terraria met hagedissen. In een vreemde stilte, kleine handjes tegen boombast, keken de dieren hem aan – uit een verleden, zo diep en roerloos als zij zelf waren. Sommige, hun lichaam in een S, leken breed te grijnzen, als hun ogen niet een andere taal gesproken hadden: die van een ernst zo onbewogen en onwrikbaar, dat het bijna niet te verdragen was...

Anton zette zijn kopje op de schoorsteenmantel, naast de pendule. Uit de manier waarop mevrouw Beumer over Korteweg gesproken had, maakte hij op dat zij niet wist wat er die avond precies gebeurd was met het lichaam van Ploeg. Het drong tot hem door dat hij, afgezien van de Kortewegs zelf, misschien de enige was die dat wist. Ook zijn oom en tante had hij het nooit verteld, – misschien omdat hij het gevoel had, dat het minder absurd was naar mate minder mensen wisten, hoe absurd het was.

'En daarnaast...' zei hij.

'Meneer en mevrouw Aarts. Die wonen er nog steeds, maar die hebben ons nog nooit gegroet. Dat weet je toch nog wel? Jij kwam daar ook nooit. Die zijn heel erg op zichzelf. Laatst nog. Meneer Groeneveld wilde iets laten doen aan al dat onkruid hiernaast –'

'Groeneveld?'

'Die familie, die nu in het huis van Korteweg woont. Dat heb je toch gezien, wat daar nu allemaal groeit waar jullie huis heeft gestaan?'

'Ja,' zei Anton.

'Al die zaden waaien bij hun en bij ons in de tuin,

97

daar is niet tegenop te wieden. Hij wilde dat de Gemeente daar iets aan ging doen. Hij heeft een brief geschreven, die wij ook hebben ondertekend, maar meneer Aarts gaf niet thuis. Hoe vind je dat? Het is toch een kleine moeite.' Verontwaardigd keek zij hem aan.

Anton knikte.

'Het is inderdaad ongelooflijk, zo veel als daar groeit.'

Door de toon waarop hij dit zei, ontwaakte in mevrouw Beumer blijkbaar het besef, dat zij misschien niet erg tactvol was geweest. Plotseling onzeker begon zij:

'Ik bedoel...'

'Ik begrijp het best, mevrouw Beumer. Het leven gaat verder.'

'Wat ben je toch een verstandige jongen, Tonny,' zei zij, blij dat hij het probleem van haar af genomen had. Zij stond op. 'Nog een kop koffie?'

'Dank u wel.'

Zij schonk zichzelf in.

'Je doet me denken aan die arme Peter,' zei zij. 'Je lijkt helemaal niet op hem, maar hij was ook zo'n verstandige jongen. Altijd vriendelijk, altijd behulpzaam...' Zij liet het klontje suiker, dat zij tussen de klauwen van een zilveren tangetje had, terugvallen in de pot. 'Weet je... voor hem vond ik het 't ergst. Die goeie jongen. Ja, voor je vader en moeder natuurlijk ook, maar Peter... hij was nog jonger dan jij nu bent. Ik vond het zo verschrikkelijk toen ik het hoorde. Ik heb gezien, dat hij die man nog helpen wilde – Ploeg, bedoel ik. Het was ten slotte niet zeker, dat hij dood was. Ja, het was natuurlijk een schoft, dat weet ik ook wel, maar uiteindelijk was het toch een mens. Een jongen met zo'n goed hart als Peter... dat heeft hem zijn leven gekost.'

Anton had zijn hoofd gebogen en knikte. Met zijn handen streek hij over het bruine leer van het kameelzadel, dat ook verbrand zou zijn als Peter zijn zin had gekregen. Als er gebeurd was wat Peter vermoedelijk wilde, zou alles hier in de as gelegd zijn. De leunstoel van meneer Beumer, de keuken van mevrouw Beumer, het crucifix, de macabere stoelen aan de eettafel: *hier* was de plek met het schadelijke onkruid geweest, terwijl zijn ouders nog hiernaast in 'Buitenrust' hadden gewoond. Meneer en mevrouw Beumer waren misschien te oud geweest om nog doodgeschoten te worden, maar hoe had Peter verder moeten leven? Hij was intussen in militaire dienst geweest; in '47, tijdens de politionele actie, had hij in de 7-Decemberdivisie gezeten en in Indië misschien zelf kampongs in brand gestoken, of hij was daar gesneuveld. Onvoorstelbaar dat allemaal. Peter was niet ouder geworden dan zeventien, drie jaar jonger dan hij nu zelf was, en ook dat was onvoorstelbaar. Hij, Anton, was voorgoed de jongere broer, al werd hij tachtig. Alles was onvoorstelbaar.

Opeens sloeg mevrouw Beumer een kruis.

'Het zijn altijd de besten,' zei zij zacht, 'die God het eerst tot zich neemt.'

Dan was, dacht Anton, Fake Ploeg nog beter.

'Ja,' zei hij.

99

'Gods wegen zijn ondoorgrondelijk. Waarom moest hij juist voor jullie huis doodgeschoten worden? Het had evengoed hier kunnen gebeuren, of bij meneer Korteweg. Daar hebben we het zo vaak over gehad, mijn man en ik. Hij zei altijd, dat God ons gespaard heeft, maar hoe moet je dat opvatten? Dat betekent toch, dat hij jullie *niet* gespaard heeft, en waarom zou hij jullie niet sparen?'

'En toen zei uw man,' zei Anton met een gevoel of hij te ver ging, 'dat dat was omdat wij heidenen waren.'

Zwijgend plukte mevrouw Beumer met het suikertangetje aan het tafelkleed. Voor de derde keer kreeg zij tranen in haar ogen.

'Die schat van een Peter... die lieve vader en moeder van je... Ik zie hem nog hier voorbijkomen, je vader, in zijn zwarte jas en met zijn bolhoed en zijn opgerolde paraplu. Hij keek altijd naar de grond. Als hij met je moeder uitging, liep hij altijd een pas voor haar uit, net als indische mensen doen. Die hebben toch nooit iemand kwaad gedaan...'

'Augurken zijn net krokodillen,' zei meneer Beumer plotseling.

Zijn vrouw en Anton keken hem aan, maar hij keek terug of hij van de prins geen kwaad wist.

Mevrouw Beumer vestigde haar ogen weer op haar handen.

'Wat die doorgemaakt moeten hebben... Dat heeft je oom je toch verteld. Toen je moeder die kerel aanvloog... Eenvoudig afgemaakt, als beesten.'

Het was Anton of hij, van zijn nek tot zijn stuitje,

een elektrische schok kreeg.

'Mevrouw Beumer,' hakkelde hij, 'zoudt u misschien...'

'Natuurlijk, jongen. Ik begrijp het. Het is ook zo verschrikkelijk allemaal.'

Hij moest onmiddellijk weg. Zonder te zien hoe laat het was, keek hij op zijn horloge.

'O jee, ik moet gaan. Neemt u mij niet kwalijk. Ik was alleen maar even –'

'Natuurlijk, jongen.' Zij stond ook op en streek met beide handen de voorkant van haar jurk glad. 'Is dit echt de eerste keer, dat je weer in Haarlem bent, Tonny?'

'Echt.'

'Dan moet je dadelijk even langs het monument lopen.'

'Monument?' herhaalde hij verbaasd.

'Daar,' zei mevrouw Beumer en wees naar een hoek van de kamer, waar een kleine ronde tafel stond met er op een vaas, waaruit grote, wittige pluimen staken, als struisvogelveren, of misschien waren het struisvogelveren, – 'waar het gebeurd is.'

'Dat weet ik helemaal niet.'

'Hoe is het toch mogelijk,' zei mevrouw Beumer. 'Het is al een jaar of drie geleden onthuld, door de burgemeester. Er waren een heleboel genodigden. We hadden zo gehoopt jou toen weer te zien; mijn man was toen nog vrij goed. Maar je oom heb ik ook niet gezien. Zal ik even met je meegaan?'

'Als het u hetzelfde is, zou ik liever...'

'Natuurlijk,' zei zij en greep met beide handen

zijn hand, 'je hebt er behoefte aan om daar alleen te zijn. Dag Tonny. Ik vond het heerlijk om je weer gezien te hebben, en ik weet zeker dat dat ook geldt voor mijn man, al kan hij het niet meer laten merken.'

Met hun handen in elkaar keken zij naar meneer Beumer. Uitgeput had hij zijn ogen gesloten. Nadat mevrouw Beumer nog had gezegd, dat hij net zulke grote handen had als zijn vader, namen zij afscheid. Anton beloofde dat hij gauw weer langs zou komen, maar hij wist, dat hij deze mensen nooit terug zou zien. Nooit meer ging hij naar Haarlem.

Toen hij door de voordeur naar buiten stapte, werd hij getroffen door de lichte ruimte links in zijn gezichtsveld, waar altijd de donkere aanwezigheid van zijn huis was geweest. Over de woestenij heen zag hij in de tuin van het voormalige 'Nooitgedacht' de nieuwe bewoners: een magere blonde man met een kleine indische vrouw, allebei een jaar of vijfendertig; de man voetbalde met een kleine jongen, terwijl zij met een baby op haar arm toekeek.

Het was het violette uur. De zon was net onder, de kade en de weilanden lagen in een licht dat nergens bij hoorde, niet bij de dag en niet bij de nacht: het kwam uit een andere wereld, waar nooit iets bewoog of veranderde, en dat alles een beetje optilde. Aan het andere eind van de kade, waar de weg het water weer verliet, zag hij op het trottoir een manshoge haag, die daar vroeger niet was geweest. Er was geen verkeer, en in een rechte lijn liep hij schuin over de straat naar het monument.

De metersbrede haag bestond uit rododendrons,

waarvan de bladeren glommen in het toverachtige licht. Zij bevatte een lage muur van gemetselde bakstenen; op het vierkante middenstuk stond het grauwe beeld van een starende vrouw, met loshangende haren en naar voren gestrekte armen, gehakt in een sombere, statisch-symmetrische, bijkans egyptische stijl. Daaronder de datum, met de tekst:

Zij vielen
voor Koningin en Vaderland

Links en rechts op de zijvleugels, op twee bronzen platen, de namen van de doden in vier rijen. De laatste rij luidde:

G. J. Sorgdrager	★ *3. 6.1919*
W. L. Steenwijk	★ *17. 9.1896*
D. Steenwijk-Van Liempt	★ *10. 5.1904*
J. Takes	★ *21.11.1923*
K. H. S. Veerman	★ *8. 2.1921*
A. van der Zon	★ *5. 5.1920*

De namen drongen in Antons ogen. Daar waren zij: opgenomen en ondergegaan in een bronzen alfabet, –hun namen niet eens van brons, maar in het brons uitgespaard. De mannen, die geboeid uit de vrachtwagen sprongen. Zijn moeder als enige vrouw, zijn vader als de enige uit de vorige eeuw. Het was alles, dat nu van hen restte; behalve een paar oude foto's, die zijn oom en tante nog hadden, was er niets van hen over dan alleen hun namen hier, en hijzelf. Ook hun graven waren nooit gevonden.

Misschien was er over gedebatteerd, in de provinciale oorlogsmonumentencommissie, of hun namen hier eigenlijk wel thuishoorden. Misschien hadden sommige ambtenaren opgemerkt, dat zij toch geen deel uitmaakten van de gijzelaars, en ook niet echt waren gefusilleerd, maar afgemaakt als beesten, – waarop de ambtenaren van de centrale commissie hadden gevraagd, of zij in dat geval geen monument verdienden, – waarop vervolgens, als concessie, de ambtenaren van de provinciale commissie hadden weten te bereiken, dat althans Peter niet werd opgenomen. Die behoorde, althans met veel goede wil, tot de doden van het gewapende verzet, waar andere monumenten voor waren. Gijzelaars, verzetslieden, joden, zigeuners, homo's, dat moest verdomme niet door elkaar gehaald worden, want dan werd het een rotzooi.

Het jaagpad was er nog steeds. Het ontdooide water. Toen hij zag dat mevrouw Beumer in de erker naar hem stond te kijken, ging hij niet langs dezelfde weg terug.

4

Hij ging ook niet terug naar het partijtje van Van Lennep, maar nam de eerste trein naar Amsterdam. Toen hij thuiskwam zaten zijn oom en tante nog aan tafel, juist klaar met eten. De lamp brandde. Een beetje ontstemd vroeg zijn oom, waarom hij niet even opbelde als hij later kwam.

'Ik ben in Haarlem geweest,' zei Anton.

Zijn oom en tante keken elkaar even aan. Er was voor hem gedekt en hij ging op zijn plaats zitten. Met zijn vingers nam hij een blad sla, en met zijn hoofd in zijn nek liet hij het in zijn mond zakken.

'Zal ik een eitje voor je bakken?' vroeg zijn tante.

Hij schudde zijn hoofd, slikte de sla door en vroeg aan zijn oom:

'Waarom hebt u me nooit verteld, dat er een monument staat bij ons op de kade?'

Van Liempt zette zijn koffie neer, veegde zijn mond af en bleef hem aankijken.

'Dat heb ik je verteld, Anton.'

'Wanneer dan?'

'Drie jaar geleden. Het is in negenenveertig onthuld. Er was een uitnodiging, en ik vroeg of je er heen wilde, maar je wilde niet.'

'Ik weet nog precies wat je zei.' Mevrouw Van Liempt schepte sla op zijn bord en zette het voor hem neer. 'Je zei dat die stenen je gestolen konden worden.'

'Weet je dat niet meer?' vroeg Van Liempt.

Anton schudde zijn hoofd en zweeg. Hij keek naar het witte tafellaken, waar hij met zijn vork langzaam vier lijnen in trok, en voor het eerst voelde hij iets van angst, iets zuigends, een donker gat waar dingen in vielen zonder ooit een bodem te bereiken – alsof iemand een steen in een put gooit en dan nooit meer iets hoort.

In de tijd dat hij nog over zulke dingen nadacht, had hij zich wel eens afgevraagd wat er zou gebeuren als hij een schacht dwars door de aarde boorde, en er dan in sprong, in een vuurvast pak. Na een bepaalde, uit te rekenen tijd zou hij aan de andere kant omhoogkomen, zijn voeten vooruit, maar niet helemaal tot de oppervlakte; hij zou een moment stilstaan, en dan ondersteboven weer in de diepte verdwijnen. Na jaren, ook uit te rekenen, zou hij gewichtloos zwevend in het middelpunt van de aarde tot stilstand komen, om daar voorgoed de gang van zaken te overdenken.

Derde episode

1956

I

Als geen goede student maar ook geen slechte ver-
volgde hij zijn studie. Toen hij na zijn kandidaats-
examen in 1953 op kamers in het centrum ging wonen en het huis aan de Apollolaan verliet, betekende
dat een nieuwe datum in zijn leven. Daar in zijn
kleine, donkere appartement boven de viswinkel, in
een dwarsstraat tussen de Prinsengracht en de Keizersgracht, de overburen op vijf of zes meter afstand,
verdween dat Haarlem van januari 1945 nog verder
achter de horizon. Het ging zoals wanneer een man
is gescheiden: hij neemt een vriendin om zijn vrouw
te vergeten, maar in dezelfde mate hoort zij nog bij
zijn vrouw, en pas met de volgende kan het misschien weer iets worden—al maakt een derde de
meeste kans. Ook het afgrenzende moet steeds afge-
grensd worden; maar de taak is hopeloos, want alles
raakt alles in de wereld. Een begin verdwijnt nooit,
zelfs niet met het einde.

Eens in de paar maanden had hij een dag last van
migraine en moest dan in het donker liggen; maar
dat hij er ook van moest overgeven, kwam zelden
voor. Hij las veel,—maar niet over de oorlog,—en
eenmaal publiceerde hij een paar natuurgedichten
in een studentenblad, onder het pseudoniem 'Anton
Peter'. Hij speelde piano, met een voorkeur voor
Schumann, en hield er van om naar concerten te
gaan. Naar de schouwburg ging hij liever niet meer,

sinds hij daar op een keer om een onbegrijpelijke reden onwel was geworden. Dat gebeurde tijdens een schitterende uitvoering, onder regie van Sjarov, van Tsjechovs *Kersentuin*. Bij een scène, waarin een man met gebogen hoofd aan een tafel zat en een vrouw buiten op het terras iets naar iemand riep, werd hij opeens overweldigd door iets afschuwelijks en tegelijk ongrijpbaars, maar zo hevig, dat hij onmiddellijk naar buiten moest, de straat op. In de drukte van mensen, trams en auto's verdween het toen snel,—en zelfs zo volledig, dat hij zich een paar minuten later al afvroeg of er eigenlijk wel iets geweest was.

Elke week ging hij op zijn scooter met een tas vuil wasgoed naar de Apollolaan, waar hij dan meestal bleef eten. Naar mate de tijd verstreek, begon hem de goedburgerlijke orde op te vallen die daar heerste, de manier waarop alles geregeld was, niets ooit beschadigd, verveloos, geïmproviseerd of van minderwaardige kwaliteit. Gerechten in schalen, wijn in een karaf, nooit een jasje uit of een losgetrokken das. Wanneer zijn oom of zijn tante eens langskwam, zag hij aan hun gezicht dat hun het omgekeerde opviel. Zijn oom zei dan, dat hij ook student was geweest.

In 1956 deed hij doctoraal en begon voor zijn artsexamen te werken, als co-assistent in een aantal ziekenhuizen. Toen al had hij besloten, zich te specialiseren in anesthesie. Natuurlijk wist hij, dat hij als internist of cardioloog met een particuliere praktijk twee of drie keer zo veel kon verdienen; maar dan zou hij ook nooit de tijd aan zichzelf hebben en wel-

dra persoonlijk een maagzweer of hartkwaal oplo-
pen, terwijl hij als anesthesist de deur van het ziekenhuis achter zich dicht kon trekken en dan was hij
vrij. Voor de chirurgie gold dat ook, maar die werd
uitsluitend beoefend door slagers. Overigens waren
het niet alleen negatieve redenen, waarom hij voor
de anesthesie koos. Hij was geboeid door het delicate
evenwicht, dat bewaard moest worden als de slagers
hun messen in iemand plantten, – dat balanceren op
het scherp van de snede tussen leven en dood, de
zorg voor dat arme hulpeloze wezen in zijn bewuste-
loosheid. Hij had trouwens het min of meer mystieke
vermoeden, dat een narcose de patiënt niet zo zeer
gevoelloos maakte, maar dat de chemicaliën uitsluitend bewerkstelligden, dat hij zijn pijn niet kon uiten, en verder, dat zij achteraf de herinnering aan de
doorstane pijn wegnamen, terwijl de patiënt er toch
door veranderd was. Als zij ontwaakten, was toch
altijd te zien dat zij geleden hadden. Maar toen hij
dat eens opperde onder collega's, die het over zeil-
jachten hadden, keken zij hem aan op een manier
die hem duidelijk maakte, dat hij zulke gedachten
beter voor zich kon houden, wilde hij tot de club
blijven behoren.

En dan was er de politiek. Die ging altijd door,
maar hij volgde haar nauwelijks, de binnenlandse
nog het minst. Hij las de krantekoppen, maar was ze
onmiddellijk vergeten. Toen een engelse collega eens
bij hem naar de nederlandse staatsinrichting informeerde, kon hij hem even weinig vertellen als over
de duitse of de franse. De meeste tijd besteedde hij,

wat de krant betreft, aan de oplossing van het dage-
lijkse cryptogram. Dat kon hij niet laten, en hij was
er heel gewiekst in. Als hij aan een leestafel een on-
volledig opgelost raadsel aantrof in een krant, dan
was het zijn eerzucht om verder te komen dan de
vorige man of vrouw; die was meestal blijven steken
omdat ergens een fout was gemaakt. Als hij klaar
was, keek hij tevreden naar het volgemaakte vier-
kant. Dat de meeste letters twee functies hadden, in
een horizontaal en een verticaal woord, en dat de
woorden op fantastische manieren paarden, gaf hem
een gevoel van welbehagen. Het had iets met poëzie
te maken.

Maar in hetzelfde jaar 1956 moest hij meedoen
met de verkiezingen. Tijdens zijn wekelijkse diner in
de Apollolaan vroeg zijn oom, op welke partij hij
zou stemmen. Hij zei dat het wel de liberalen zou
worden, en op de vraag, waarom, wist hij niets be-
ters te antwoorden dan dat zijn vrienden dat ook
deden. Volgens Van Liempt was dat de slechtst
denkbare reden; waarop hij Anton met een betoog
van een paar minuten tot andere gedachten wist te
brengen. Het huidige liberalisme, zei hij, combi-
neerde een fundamenteel pessimisme over de menselijke solidariteit met de opvatting, dat het individu
zo vrij mogelijk moest zijn. Maar òf men is pessimist:
dan een opgelegde orde; òf men is optimist: dan vrijheid. Alle twee was onmogelijk. Men kon niet het
pessimisme van het socialisme combineren met het
optimisme van het anarchisme. Toch was dat het
liberalisme. Het was dus heel eenvoudig, zei hij, –

men hoefde uitsluitend te weten of men optimist was of pessimist. Wat was hij? Anton sloeg zijn ogen even naar hem op, sloeg ze weer neer en zei: 'Pessimist.'

Dus stemde hij op de sociaaldemocraten, net als zijn oom zelf, die behoorde tot het voorname soort partijleden, waaruit doorgaans de burgemeesters en ministers werden geselecteerd. Pas later zou Anton merken, dat vrijwel niemand zo rationeel stemde, maar eenvoudig uit eigenbelang, of omdat men in een bepaalde partij zijn eigen nestgeur rook, of omdat de persoon van de lijstaanvoerder vertrouwen inboezemde. Meer fysiek-biologisch eigenlijk, zodat hij toch weer wat rechtser ging stemmen toen zich daar naderhand een gelegenheid voor aandiende met een nieuwe partij, die zei dat het onderscheid tussen links en rechts verouderd was. Maar veel kon de binnenlandse politiek hem ook toen niet schelen: ongeveer zoveel als de overlevende van een luchtramp geïnteresseerd is in papieren vliegtuigjes.

2

Het communisme, en daarmee de buitenlandse politiek, kreeg hij wat later in dat jaar te overdenken. De
tweede helft van 1956 was een luilekkerland voor
krantenlezers: krach in Polen, schandalen in de
koninklijke familie, frans-engelse aanval op Egypte,
opstand in Hongarije, interventie door de Sovjet-
Unie, landing van Fidel Castro op Cuba. Een paar
weken voordat dit caraïbische bravourestuk plaatsvond, dreunde in Nederland nog de echo na van de
russische tanks, die Boedapest waren binnengera-
teld, en het hoorbaarst was dat bij Anton om de
hoek. Daar, in een groot gebouw uit de achttiende
eeuw, Felix Meritis, was het hoofdkwartier van de
communistische partij gevestigd. Overal door de
stad trokken razende meutes, die alles vernielden
wat met communisten te maken had, van hun boek-
handel tot de ruiten van hun woningen, – daarbij be-
diend door de pers, die de adressen publiceerde:
langs de omweg van objectieve verslaggeving werd
bericht, dat de woning van die en die partijleider,
woonachtig daar en daar, gisteren slechts geringe
schade had opgelopen. De volgende dag werd het
dan grondiger aangepakt. Na gedane arbeid kwam
men bij elkaar voor Felix Meritis op de Keizersgracht, dat gedurende twee etmalen dag en nacht
belegerd werd door duizenden mensen.

Het was veranderd in een vesting. Beneden waren

alle ramen met planken dichtgespijkerd, van de ruiten op de hogere verdiepingen was geen enkele meer
heel, op het dak waren mannen met helmen te zien.
Soms ook vrouwen, die een verdubbeld gejoel over
zich heen kregen. Wie het gebouw in of uit wilde,
deed er goed aan voor politiebescherming te zorgen.
Agenten met gummiknuppels en getrokken pistolen
probeerden de menigte te concentreren aan de overkant van de gracht, maar zij liepen ook zelf gevaar
door de stenen, die onafgebroken door de lucht vlogen. Ook de mannen op het dak gooiden trouwens
met stenen, die eerst door de ramen naar binnen waren gekomen; nu en dan richtten zij een brandspuit
op groepjes, die te dichtbij kwamen. In de gracht lag
onafgebroken een grijze politieboot, om drenkelin-
gen op te pikken.

Maar Anton was niet nieuwsgierig naar dat alles,
laat staan dat hij er aan mee zou doen. Ook bij gesprekken er over hield hij zich afzijdig. Hij kon zich
niet losmaken van het gevoel, dat het allemaal wel
heel verschrikkelijk was, maar toch kinderspel;
bovendien kreeg hij de indruk, dat veel mensen
eigenlijk heel blij waren met wat er in Boedapest
gebeurde, want het bevestigde triomfantelijk hun
mening over het communisme. Zijn grootste zorg
was het onafgebroken kabaal. De nauwe straat waar
hij woonde, werd gebruikt om aan de achterkant
van het gebouw te komen, op de Prinsengracht,
waar ook aanvallen plaatsvonden, – zelfs met ben-
zinebommen, zoals de visboer wist te vertellen. Ten
einde raad ging hij naar de bioscoop, naar *Het zevende*

zegel, en thuisgekomen zette hij harde muziek aan, de tweede symfonie van Mahler; maar ook 's nachts hield het niet op. Hij had zich al voorgenomen, de volgende nacht op de Apollolaan te logeren, waar alles rustig was; maar omdat hij zich niet kon voorstellen, dat de herrie nog een tweede nacht zou duren, ging hij die avond na zijn werk toch naar huis.

Het schemerde en voor veel ramen brandden kaarsen. Uit talloze huizen hingen vlaggen halfstok. Om te voorkomen, dat zijn scooter in de strijd ten onder zou gaan, parkeerde hij hem een paar blokken verder en wandelde naar zijn straatje.

De drukte en de opwinding waren eerder nog toegenomen. Het kostte hem moeite zijn deur te bereiken in het gedrang – en juist toen hij in het portiek was, barstte het los. Plotseling verschenen van de Keizersgracht politieauto's en reden met gierende sirenes en vol licht op de menigte in, gasgevend, remmend en weer gasgevend, er waren opeens paarden, daarop agenten met getrokken sabels, motoren met zijspan, de trottoirs op en af springend, gehelmde agenten half er uit hangend die met de handvaten van lange zwarte latten op de mensen insloegen. Er brak paniek uit tussen de gevels, maar tot zijn verwondering merkte Anton, dat hij er juist rustiger van werd. Daarnet nog had hij een zekere agitatie gevoeld, maar nu overal geslagen en gegild werd, mensen onder de voet gelopen werden of zich bloedend in veiligheid probeerden te stellen, maakte een vreemde gelatenheid zich van hem meester. Het portiek, waar ook de deur van de viswinkel was, mat niet meer dan twee vierkante meter, daar stond nu een dozijn mensen dat hem tegen zijn huisdeur drukte. Hij had de sleutel al in zijn hand, maar hij begreep dat hij – zelfs als hij zich om had kunnen draaien – niet de deur open moest doen, want in een oogwenk zouden de trap en zijn kamers stampvol zijn geweest; en na vertrek van het bezoek zou ook zijn inboedel zijn verdwenen. Voor hem stond een grote kerel, die uit alle macht zijn rug tegen hem aan drukte; maar dat leek alleen zo, hij werd zelf natuurlijk ook gedrukt. In zijn rechterhand had hij een grote grijze kei, die hij noodgedwongen boven zijn schouder hield; om zijn neus te beschermen en niet te stikken, moest Anton zijn hoofd opzij draaien, maar uit zijn ooghoeken zag hij de vuile nagels, en het eelt op zijn vingers.

Plotseling rende iedereen weg uit het portiek. De man voor hem draaide zich even om, misschien om te zien wie hij al die tijd in zijn rug had gevoeld, liep de straat op, draaide zich weer om en bleef staan.

'Dag Ton,' zei hij.

Anton keek in het brede, ruwe gezicht. Opeens zag hij het.

'Dag Fake.'

3

Een paar seconden bleven zij elkaar aankijken, Fake met de kei in zijn hand, Anton met de sleutel. Op straat was nog steeds tumult, maar het centrum van het geweld had zich naar de Prinsengracht verplaatst.

'Kom boven,' zei Anton.

Fake aarzelde. Hij keek naar links en naar rechts, alsof hij niet zo gauw afscheid kon nemen; maar hij begreep, dat er geen ontkomen aan was.

'Even dan.'

Terwijl Anton de zware voetstappen achter zich op de houten treden hoorde, had hij moeite met het besef dat het inderdaad Fake Ploeg was. Nooit meer had hij aan hem gedacht, terwijl intussen natuurlijk ook hij verder had geleefd, ook hij was nog steeds in de wereld. Zij hadden elkaar geen hand gegeven. Wat moest hij met hem bespreken? Waarom had hij hem in hemelsnaam uitgenodigd? In de kamer deed hij het licht aan en trok de gordijnen dicht.

'Wil je wat drinken?'

Tot zijn schrik legde Fake de kei op de vleugel, die hij voor zijn verjaardag had gekregen, – niet hard, maar toch met een geluid dat hij hoorde, zodat de lak beschadigd moest zijn.

'Een pilsje, als je hebt.'

Uit de fles die er nog stond van de vorige dag, schonk hij zichzelf een glas landwijn in. Ongemakkelijk zocht Fake een houding in de linnen stoel, die er uitzag als een reusachtige vlinder; zelf ging hij op de zwarte chesterfieldbank met de doorgezakte veren zitten.

'Cheers,' zei hij en wist verder niet, wat hij zeggen moest.

Fake tilde alleen zijn glas even op en dronk het half leeg. Met de rug van zijn hand veegde hij zijn mond af en keek naar de boekenkast en de plank met sextanten.

'Student zeker, hè?'

Anton knikte. Fake knikte ook. Hij kwam een beetje overeind en probeerde of hij door schuin te gaan zitten beter terecht zou komen.

'Lukt het niet?'

'Wat een rotstoel,' zei Fake.

'Hoogst modern anders, hoor. Kom, ga hier zitten.'

Zij wisselden van plaats. Alsof hij hem nu beter kon zien, bleef Fake hem aankijken.

'Weet je dat je absoluut niet veranderd bent?'

'Dat hoor ik wel meer.'

'Ik zag meteen dat je het was.'

'Ik had even tijd nodig,' zei Anton. 'Zo vaak heb ik je vader niet gezien.'

Fake haalde een pakje shag uit zijn binnenzak en begon een sigaret te rollen. Toen Anton een pakje Yellow Dry omhoog hield, schudde hij zijn hoofd. Misschien had hij het niet moeten zeggen, maar het was waar, hij leek sprekend op zijn vader; alleen was hij jonger en magerder, en op een of andere manier

119

ook pafferiger. Bovendien vond hij niet, dat het nu juist zijn taak was om overmatig veel piëteit aan de dag te leggen. Hij wilde dat de telefoon ging, zodat hij tegen onverschillig wie kon zeggen, dat hij onmiddellijk naar het ziekenhuis kwam voor dat spoedgeval. Het was kil en vochtig in de kamer.

'Ik zal de kachel even aanmaken,' zei hij.

Hij stond op en deed de oliekraan open. Fake draaide zijn sigaret dicht en plukte de overtollige tabak van de uiteinden; die ging terug in het pakje, dat hij met zijn ringvinger en pink vasthield.

'Wat studeer je?' vroeg hij.

'Medicijnen.'

'Ik werk in een zaak voor huishoudelijke artikelen,' zei Fake, eer Anton er naar had kunnen vragen. 'Reparaties en zo.'

Anton bleef bij de kachel wachten tot er genoeg olie ingelopen was.

'In Haarlem?'

'Haarlem...' Fake keek hem aan met een blik of hij misschien niet goed wijs was. 'Dacht je, dat we nog in Haarlem woonden?'

'Hoe moet ik dat weten?'

'Dacht je niet, dat we daar snel weg moesten wezen na de oorlog?'

'Ja, dat zal wel,' zei Anton. Hij tilde de deksel van de kachel en liet er een brandende lucifer in vallen. 'Waar woon je nu?'

'In Den Helder.'

De lucifer was onderweg uitgegaan en hij streek een tweede af. Hij liet hem vallen en draaide zich om.

'Ben je speciaal naar Amsterdam gekomen om stenen te gooien?'

'Ja,' zei Fake en keek hem aan. 'Gek, hè?'

Anton zette de deksel op de kachel en ging zitten. Als hij nu zonder omwegen voorstelde om een eind te maken aan de ontmoeting, zou Fake er vermoedelijk meteen op ingaan; maar dat besef veroorzaakte een zekere koppigheid in hem – alsof Fake niet moest denken, dat hij zo makkelijk van hem af kwam.

'Leeft je moeder nog?' vroeg hij.

Fake knikte.

'Ja,' zei hij pas een paar seconden later.

Hij zei het als een soort bekentenis, alsof Anton had gevraagd: – Leeft *jouw* moeder nog? Zo had Anton het niet bedoeld, maar toen hij het zag, dacht hij dat hij het misschien toch zo had bedoeld.

'Hoe kan het, dat je in zo'n huishoudzaak werkt?' vroeg hij. 'Je hebt toch lyceum?'

'Een half jaar, ja.'

'Hoe zit dat dan?'

'Kan het je echt wat schelen?' vroeg Fake, terwijl hij met de kop van een lucifer een sliertje tabak in zijn sigaret terugduwde.

'Waarom vraag ik het anders?'

'Na de oorlog werd mijn moeder opgepakt en in een kamp gestopt. Ik kwam op een katholiek internaat, dat hoorde bij de Bisschoppelijke Nijverheidsschool. Daar moest ik toen op, terwijl ik niet eens rooms was.'

'Wat had je moeder dan misdaan?'

'Vraag dat maar aan de heren van de Bijzondere

Rechtspleging. Ik denk dat ze haar er van verdachten, dat ze met mijn vader getrouwd was geweest.'

Aan de toon waarop hij het zei, hoorde Anton dat hij dat vaker had gezegd. Om een of andere reden klonk het ook of hij het niet zelf had bedacht.

'En toen?'

'Na driekwart jaar kwam ze vrij, maar toen woonden er al andere mensen in ons huis. Toen kregen we iets in Den Helder aangeboden, waar niemand ons kende. Daar kwam ik op de ambachtsschool.'

'Waarom niet weer op het lyceum?'

'Je weet van niks, hè, jij,' zei Fake met een trek om zijn mond of hij stank rook. 'Wat denk je nou eigenlijk? Mijn moeder moest werkster worden om aan de kost te komen voor mij en mijn zusters. Je weet wel, zo'n vrouw met een hoofddoek om en een boodschappentas, die je 's ochtends om half zeven op straat ziet lopen. In die tas zaten haar borstels en dweilen en wasmiddelen, want daar moest ze zelf voor zorgen. Als ze 's avonds tegen etenstijd thuiskwam, liep ze twee keer zo langzaam. En nu ligt ze in het ziekenhuis, als je het helemaal weten wilt, waar het water uit haar rechterbeen loopt. Dat is helemaal geel, met donkerbruine plekken. Het linker is twee weken geleden afgezet. Zo. Ben je nu tevreden, dokter?' Hij dronk zijn glas leeg, zette het met een klap op tafel en leunde achterover. 'Dat is het verschil, hè? We zitten bij elkaar in de klas, jouw ouders worden doodgeschoten, en toch studeer je medicijnen. Maar mijn vader wordt omgelegd en ik repareer geisers.'

'Maar je moeder leeft,' zei Anton onmiddellijk. 'En je zusters leven ook.' Hij overwoog zijn woorden; zij waren nu op gevaarlijk terrein gekomen. 'Is er niet bovendien,' zei hij voorzichtig, 'een zeker verschil tussen de dood van jouw vader en die van mijn ouders?'

'Wat voor verschil?' vroeg Fake agressief.

'Mijn ouders waren onschuldig.'

'Mijn vader ook.'

Hij zei het zonder een moment te aarzelen en keek Anton strak aan. Anton zweeg verbluft. Misschien meende hij het, misschien was hij er werkelijk van overtuigd.

'Goed,' zei hij met een gebaar. 'Goed. Ik weet ook alleen wat ik heb gehoord, maar–'

'Precies.'

'...maar als jij het verschil tussen ons ziet als een soort sociale onrechtvaardigheid, dan begrijp ik die steen niet.' Met zijn hoofd wees hij naar de kei, die als een afzichtelijke belediging op de vleugel lag. 'Dan moet je juist communist worden.'

Eer Fake antwoordde, nam hij zijn glas en liet de laatste druppels in zijn keel glijden.

'Het communisme,' zei hij rustig, maar met een ondertoon van razernij, 'is het ergste van alles. Dat zie je nu in Boedapest, waar de vrijheidsdrang van een heel volk in bloed wordt gesmoord.'

'Fake,' zei Anton geïrriteerd, 'ik ben ook geen communist, maar daarom vind ik het nog niet nodig om de krantekoppen uit mijn hoofd te leren.'

'Ja, meneer de dokter kan zich natuurlijk beter

uitdrukken van zichzelf. Neem me niet kwalijk als ik niet zo knap ben. De mensen vechten zich daar nu dood. Zo beter? Wat denk je dat de politieke commissarissen daar nu aan het doen zijn? Daar is een massaslachting aan de gang, of dacht je van niet soms? Heb je *Het Parool* gelezen? Over de gruwelen die daar nu worden bedreven door mongoolse soldaten?'

'Mongoolse soldaten?' herhaalde Anton. 'Wat bedoel je, Fake? Is de tijd gekomen om de mongolen te vergassen?'

'Nee, klootzak,' zei Fake met een blik, waaruit bleek dat Anton op zijn tellen moest passen. 'Ik weet niet waar je heen wilt, maar dit kan ik je zeggen, dat mijn vader wat betreft de communisten in elk geval gelijk heeft gehad. Alles wat je nu hoort, zei hij ook altijd al. Het zijn niet toevallig diezelfde rotcommunisten geweest, die hem hebben vermoord. Dat is hetzelfde tuig, dat je nu met helmen op hun rotkoppen daar door de dakgoot ziet lopen. Nee, jij moet ze nodig verdedigen. Moet je nagaan! Ze wisten dat er represailles zouden komen, en toch schieten ze hem voor jouw huis neer. Kon ze niks verdommen, anders hadden ze het lijk wel verborgen. De oorlog is er geen seconde eerder door afgelopen.'

Hij stond op en ging met zijn glas naar het tafeltje met het gasstel, waar Anton de aangebroken bierfles had neergezet. Op dat moment zag Anton dat de kachel nog steeds niet brandde; hij stond ook op, scheurde een strook papier van een krant en liet die brandend op het zwart glanzende laagje olie vallen.

Hij schonk zichzelf nog een glas wijn in; omdat Fake bleef staan, bleef hij zelf ook staan. Buiten klonk weer geschreeuw en het geluid van sirenes.

'Mijn familie,' zei hij, terwijl hij zijn vrije hand in zijn nek legde, 'is niet door de communisten uitgeroeid, maar door de vrienden van jouw vader.'

'En die communisten wisten, dat dat zou gebeuren.'

'Dus is het hun schuld...'

'Allicht. Van wie anders?'

'Fake,' zei Anton, 'ik begrijp, dat je je vader wilt verdedigen. Ten slotte was hij je vader. Maar als jouw vader mijn vader was geweest, als alles andersom was geweest, had je hem dan ook verdedigd? Laten we elkaar toch geen mietje noemen. Jouw vader is heel gericht vermoord door de communisten, omdat ze van mening waren, dat dat gebeuren moest. Maar mijn familie is in het wildeweg afgemaakt door de fascisten, waar jouw vader ook bij hoorde. Zo zit het toch?'

Fake draaide zich een kwartslag om en bleef met zijn rug naar Anton staan, een beetje voorover en zonder zich te bewegen.

'Wou je beweren, dat het de schuld van mijn vader is dat jouw familie is vermoord?'

Anton begreep, dat hij nu op ieder woord lette. Boven de schoorsteen hing een hoge spiegel met een bewerkte lijst, voor een tientje gekocht op de rommelmarkt om zijn kamer wat groter te laten lijken: in het verweerde glas zag hij, dat Fake zijn ogen gesloten had.

'Waarom,' vroeg Anton, 'kun je niet van je vader houden zonder de zaak goed te praten? Van een heilige houden is toch geen kunst. Dat is net zoiets als van dieren houden. Waarom zeg je niet gewoon: mijn vader was falikant fout, maar hij was mijn vader en ik houd van hem.'

'Maar hij was verdomme niet fout! Ten minste niet op de manier die jij nu bedoelt.'

'Maar als je nu zeker wist,' zei Anton tegen de rug, 'dat hij vreselijke dingen had gedaan... weet ik het... verzin zelf maar... had je dan niet van hem gehouden?'

Fake draaide zich om, keek hem even aan en begon door de kamer heen en weer te lopen.

'Fout... fout...' zei hij even later. 'Ja, nu noemen ze dat zo, maar intussen denken ze net zo als hij over het communisme. Moet je horen daarbuiten,' zei hij, – 'wat is eigenlijk het verschil met het oostfront? En dat met die joden, wat daarmee gebeurde, dat wist hij helemaal niet. Dat heeft hij nooit geweten. Dat kun je hem niet verwijten, wat de duitsers daarmee gedaan hebben. Hij zat bij de politie en hij deed gewoon zijn plicht, zoals hem dat geleerd was. Voor de oorlog heeft hij ook mensen van huis gehaald, en toen wist hij ook niet, wat daarmee gebeurde. Natuurlijk was hij een fascist, maar een goeie, uit overtuiging. Het moest anders worden in Nederland, het mocht nooit meer worden zoals vroeger onder Colijn, toen hij op arbeiders moest schieten. Hij was niet zo'n verdomde meeloper, zoals bijna alle hollanders. Als Hitler de oorlog had gewonnen, hoeveel

126

hollanders, denk je, waren er dan vandaag nog tegen hem geweest? Laat me niet lachen, man. Pas toen hij ging verliezen, zaten ze opeens allemaal in het verzet, die lafbekken.'

De kachel, waarin te veel olie had gezeten, begon doffe, ritmische stoten te geven. Fake liet er even de blik van de specialist op vallen en zei: 'Dat gaat direct mis.' Maar hij liet zich niet afleiden van zijn onderwerp. Met zijn glas in beide handen ging hij op de vensterbank zitten en vroeg:

'Weet je wanneer mijn vader lid is geworden van de NSB? In september vierenveertig, na Dolle Dinsdag, toen de zaak verloren was en al die namaakfascisten er vandoor gingen, naar Duitsland, of plotseling ook altijd al in het verzet hadden gezeten. Toen moest er een daad gesteld worden, vond hij; dat heeft mijn moeder ons vaak verteld. En voor die overtuiging hebben ze hem kapotgeschoten, nergens anders voor, en dat heeft jouw familie ook het leven gekost. Als ze dat niet hadden gedaan, hadden jouw vader en moeder nog geleefd. Mijn vader zou misschien een paar jaar in de bak hebben gezeten en nu al lang weer gewoon bij de politie werken.'

Hij kwam overeind en liep naar de vleugel, waar hij een paar toetsen in het middenregister aansloeg, zodat de tonen zich met het stampen van de kachel vermengden tot iets, dat Anton aan Stravinsky deed denken. Elk woord van Fake had zijn hoofdpijn doen toenemen. Hoe kon iemand zichzelf zo in de leugens nestelen? Dat kwam door de liefde, – liefde tegen de klippen op.

'Als ik je zo hoor,' zei hij, 'vind je kennelijk, dat de naam van je vader eigenlijk ook op dat monument had moeten staan.'

'Welk monument?'

'Daar bij ons op de kade.'

'Staat daar tegenwoordig een monument?'

'Ik ben het ook pas later te weten gekomen. Daar staan de namen van mijn ouders op en van die negenentwintig gijzelaars. Had daar ook *Fake Ploeg* bij moeten staan?'

Fake keek hem aan en wilde iets zeggen, maar plotseling snikte hij. De snikken kwamen uit hem te voorschijn alsof zij van iemand anders waren, die hem er uitsluitend voor gebruikte.

'Godverdomme...' zei hij; maar het was niet duidelijk of dat betrekking had op wat Anton had gezegd of op het feit dat hij snikte. 'Toen jouw huis in de fik ging, kregen wij het bericht dat onze vader dood was. Heb jij daar wel eens aan gedacht? Ik wel aan wat jou is overkomen, maar jij ook aan mij?'

Hij draaide zich half om, toen weer terug, streek radeloos over zijn ogen, en opeens pakte hij de kei. Hij keek om zich heen, keek naar Anton, die zijn armen halverwege naar zijn gezicht bracht en riep:

'Fake!'

Fake haalde uit en gooide de steen door de kamer, recht in de spiegel. Anton dook in elkaar. Met half afgewend gezicht zag hij het glas in enorme scherven breken, die op het ijzeren deksel van de nu wat langzamer ploffende kachel in splinters gingen; de steen bonkte op de schoorsteenmantel en bleef daar liggen.

Terwijl hij nog met bonkend hart naar de ravage keek, hoorde hij Fake's voetstappen snel de trap af gaan.

Er gleed nog een laatste scherf uit de lijst en brak rinkelend aan stukken. Meteen daarop, met een dompige slag, vloog de deksel van de kachel vijf centimeter omhoog en ontlaadde een wolk roet. Anton legde zijn handen in zijn nek, verstrengelde zijn vingers en haalde diep adem. Hij voelde, dat hij ook op de rand stond van een lachbui: de brekende spiegel, de ontploffende kachel, het geschreeuw op straat,– maar daar was de pijn in zijn hoofd te hevig voor. Wat zinloos allemaal! Het roet verspreidde zich door de kamer, en hij wist dat het uren zou kosten eer hij alles schoon had.

Toen hoorde hij Fake de trap weer opkomen, en pas op dat moment besefte hij, dat hij de deur niet dicht had horen gaan. Onwillekeurig zocht hij naar iets, waarmee hij zich kon verdedigen. Hij greep zijn tennisracket. Fake verscheen in de deuropening en keek even naar de vernieling in de kamer.

'Ik wou je nog zeggen,' zei hij, 'dat ik het nooit zal vergeten van toen in de klas.'

'Wat in de klas?'

'Dat jij toen de klas in kwam, toen ik daar zat in dat apepak.'

'O god ja,' zei Anton. 'Dat is ook nog gebeurd.'

Fake aarzelde. Misschien wilde hij Anton eigenlijk een hand geven, maar hij stak haar alleen even op en ging weer naar beneden. Even later werd de deur in het slot getrokken.

Anton keek om zich heen. Een vettige sluier begon zich om alle dingen te vormen. Voor de boeken en de sextanten was 't het ergst; de vleugel was gelukkig dicht. Hij moest nu eerst opruimen, hoofdpijn of niet. Hij trok de gordijnen opzij en zette de ramen wijd open. In het binnendringende rumoer keek hij naar de scherven. Hun achterkant was dofzwart. In de lijst staken alleen nog een paar puntige stukken, verder waren er alleen donkerbruine planken te zien, ooit beplakt met krantepapier, dat er later voor het grootste deel weer af getrokken was; de twee vergulde *putti* met hun fruitschaal en staarten van gelobde bladeren keken onveranderd engelachtig op hem neer. Eerst moest die steen weg. Die kon hij desnoods gewoon het raam uit gooien, zonder dat het zou opvallen. Voorzichtig, om niet uit te glijden òver het glas op de rieten mat, ging hij naar de schoorsteenmantel. Met de kei in zijn handen las hij toen een regel op een snipper krant tegen het hout: *Nel di 2 Luglio 1854. Solennizzandosi con sacra devota pompa nell'Augusto tempio di Maria SS. del Soccorso...*

Dat zou hij anders nooit geweten hebben.

Vierde episode

1966

Ook wat de liefde betreft, liet hij de dingen komen zoals ze kwamen. Elke paar maanden wisselden de meisjes, die op zijn doorgezakte bank gingen zitten, meestal met opgetrokken knieën, – waarna hij voor de zoveelste keer de werking van een sextant moest uitleggen. Maar dat verveelde hem nooit. Op een of andere manier was hij betoverd door die schitterende koperen instrumenten met hun spiegeltjes en schaalverdeling en kleine kijker, die in hun vorm de nachtelijke aarde en de sterren vasthielden. Vaak begrepen zij het niet; maar wat zij altijd begrepen, was de liefde waarmee hij het uitlegde, en die dus ook hun een beetje gold. Soms bleef de bank een paar weken leeg, wat hem niet al te zeer stoorde: de kroeg in gaan om iemand op te pikken, was niet zijn stijl.

In 1959 deed hij artsexamen, en toen hij een assistentschap in de anesthesie kreeg, huurde hij een grotere verdieping met veel licht, in de buurt van het Leidseplein. Elke ochtend wandelde hij de paar honderd meter naar het Wilhelminagasthuis, dat tijdelijk, in de oorlog, Westergasthuis had geheten. In de straten van het uitgebreide complex was altijd drukte van ambulances en bezoekers en patiënten, die weer een paar schreden deden met gestreepte pyjama's onder hun overjassen uit. Doktoren liepen met openhangende witte jassen van het ene gebouw naar het andere: Anton met zijn hoofd een beetje schuin, nu en dan zijn haar naar achteren werpend en met iets sloffends in zijn gang—wat soms de vertederde aandacht trok van voorbijfietsende verpleegsters, die dan op zijn bank terechtkwamen. Een enkele keer moest hij langs de barak, waar eens 'Lazarett' bij had gestaan; maar dat hij dan aan Schulz dacht, die daar stervend of al dood naar binnen was gedragen, kwam steeds minder voor.

Zijn eerste vrouw ontmoette hij in 1960 tijdens zijn kerstvakantie in Londen. Overdag wandelde hij door de stad, kocht kleren in Regent Street en bezocht winkels met oude navigatie-instrumenten, waarvan hij er achter het British Museum een paar wist; 's avonds bezocht hij meestal een concert. Er waren toen nog veel heren met bolhoeden en opgerolde paraplu's te zien, ook als hij lunchte in een pub waren de kapstokken volgehangen met die vertederende instrumenten. Toen hij op een regenachtige middag Whitehall afgeslenterd kwam, tussen die kolossale architectuur van de macht, waar de Horse Guards als balderende hoenders onbegrijpelijke dansen opvoerden, besloot hij om binnen te lopen in Westminster Abbey, waar hij nooit geweest was.

Het was er vol buitenlandse toeristen en dagjesmensen uit de provincie. Hij had een gids gekocht, uitgevoerd in het paarsig soort rood dat men alleen in Engeland ziet, en daar overal. Alleen al in het middenschip tot de ingang van het koor gaf de plattegrond honderdzeventig graven aan van de bloem der natie uit zes eeuwen, zodat hij het boekje maar dichtsloeg. Overal in de bodem, de muren en tegen de pilaren sculpturen en teksten; in de kapellen stonden de beelden en tomben opgesteld als tijdens de kijkdag van een tweederangs meubelveiling. In de nauwe doorgang langs het koor lagen de doden achter elkaar, zoals soms de patiënten op brancards in de gang bij de operatiezalen, maar dan achter- over in marmer op hun sarcofagen, onder definitieve narcose. Hij stelde zich voor, hoe de toestand hier zou zijn op de Jongste Dag, als zij allemaal uit hun graven verrezen en kennis met elkaar maakten, de honderden helden en edelen en kunstenaars: de chicste club van het Verenigd Koninkrijk.

De *royalty* lag in de kapel achter het hoogaltaar. In het gedrang van koningen en koninginnen schuifel- den de mensen die hier nooit zouden komen te lig- gen, en bij de *Coronation Chair* ontstond een opstop- ping. Ook zelf werd hij gebiologeerd door die troon, waarop sinds het begin van de veertiende eeuw vrij- wel alle vorsten gekroond waren. Doorleefd eiken- hout met eenvoudige versieringen, de rugleuning vol initialen, in enige eeuw ooit er ingekrast en met het echte gevoel voor historie nooit weggerestau- reerd. Onder de houten zitting een grote kei, de *Stone of Scone.* Anton sloeg zijn gids weer open. De steen was het hoofdkussen geweest van de bijbelse Jacob; in de achtste eeuw voor Christus was hij via Egypte en Spanje in Ierland terechtgekomen, veertienhon- derd jaar later in Schotland en ten slotte in Enge- land, waar hij nu, op dit moment en op deze plaats, te zien was. Zoals de ware waarheid van de koningen rondom alleen bestond in de drama's van Shakespeare, zo leken hem de legenden over die steen gepast en juist. Alleen als de ierse pretendenten werkelijk koninklijk bloed hadden, kreunde de steen als zij er op gekroond werden,–anders niet. Anton schoot in de lach en zei hardop: 'Zo is dat'. Waarop een jonge vrouw, die naast hem stond, vroeg: 'Wat is zo?'

Hij keek haar aan–en op dat moment was alles al beslist.

Het was haar blik, de blik in haar ogen, en haar haar: dik, weerbarstig, rossig haar. Zij heette Saskia de Graaff en was stewardess bij de K LM. Nadat zij nog de *Poets' Corner* hadden bezocht, bracht hij haar weg. Zij moest haar vader afhalen van een club in St. James's; elk jaar ging hij met kerstmis naar Londen om oude vrienden uit de oorlog op te zoeken. Toen zij bij het gebouw aankwamen, en een afspraak maakten in Amsterdam, kwam er een generaal de trappen af en stapte in een wachtende auto met een militaire chauffeur.

Toen De Graaff een week later, in Den Haag, bij hun eerste ontmoeting in de lounge van Hotel des Indes, voorzichtig naar zijn familie informeerde, zei Anton dat zijn vader griffier bij de rechtbank in Haarlem was geweest, maar dat allebei zijn ouders sinds lang waren overleden. Pas een half jaar later vertelde hij De Graaff zijn geschiedenis, op een zwoele namiddag in Athene, waar zijn aanstaande schoonvader ambassadeur was. Nadat hij Anton had aangehoord, zweeg hij en staarde uit de schaduw van de kamer de helle, geurende tuin in, die volhing met het getsjirp van krekels en waar een kleine fontein ruisend overeind stond. Een bediende in een wit jasje rinkelde op het terras met ijsblokjes; daar zaten Saskia en haar moeder. Tussen de cypressen en pijnbomen door was in de verte de Acropolis te zien. Het enige dat hij na een paar minuten zei, was: 'Zelfs het goede heeft altijd een kwade kant in deze wereld. Maar er is ook nog een andere'.

Zelf had hij in de oorlog deel uitgemaakt van een overkoepelend orgaan van de verzetsorganisaties, in die functie stond hij in directe verbinding met de regering in Londen. Ook hij was weinig spraakzaam over die tijd; wat Anton er van wist, had hij van Saskia gehoord, die het ook maar half wist. Maar hij had geen behoefte om het helemaal te weten. Hij had het misschien kunnen nalezen in de verhoren van de Parlementaire Enquêtecommissie, maar dat deed hij niet.

Een jaar na hun eerste ontmoeting trouwden zij. Zijn oom kon daar niet meer bij zijn: een stompzinnig verkeersongeluk had een eind aan zijn leven gemaakt. Kort na zijn huwelijk kreeg Anton een vaste aanstelling, en met financiële hulp van De Graaff kochten zij een half huis in de buurt achter het Concertgebouw.

2

Begin juni 1966, tijdens de hittegolf, moest Saskia naar de begrafenis van een vriend van haar vader, een vooraanstaand journalist, die ook zij sinds de oorlog kende. Zij had Anton gevraagd of hij mee-ging; toen hij een dag vrijaf kon krijgen, wilde hij op zijn beurt Sandra meenemen, hun kind, dat nu vier jaar oud was.

'Moet dat nou, Ton?' vroeg Saskia. 'De dood is niks voor kinderen.'

'Ridiculer aforisme werd zelden gehoord,' zei hij.

Het klonk scherper dan hij wilde. Hij excuseerde zich en gaf haar een kus. Zij besloten na de begrafenis naar het strand te gaan.

Zijn schoonvader, die even oud was als de eeuw, was net gepensioneerd en woonde in een landhuis in Gelderland; hij zou per auto komen. Saskia belde hem op en vroeg of hij hen niet wilde afhalen, dan konden zij eerst nog koffie drinken. Maar hij rea-geerde als de eerste de beste provinciaal: hem zagen zij niet in Amsterdam, wat dachten zij wel, zeker overvallen worden door een meute provo's. Hij had gelachen toen hij dat zei, maar hij kwam niet, of-schoon hij toch groter uitdagingen had getrotseerd.

De begrafenis was in een dorp ten noorden van Amsterdam. Zij parkeerden de auto aan de rand en wandelden zwetend in hun donkere kleren naar de kleine kerk. Sandra was in het wit gestoken en had geen last van de zon. Op het dorpsplein heerste grote drukte van voornamelijk oudere mannen en vrouwen, die elkaar allemaal kenden. Iedereen begroette iedereen, niet somber en treurend maar eerder lachend, vaak met uitbundige omhelzingen. Er waren veel fotografen. Uit een grote zwarte Cadillac stapte een minister, degene die de laatste tijd steeds in het nieuws was in verband met de rellen in Amsterdam. Ook hij werd begroet met kussen en klappen op zijn schouder.

'Dit zijn allemaal mensen, die tegen de duitsers hebben gevochten,' zei Anton tegen zijn dochter.

'In de oorlog,' zei zij met een gezicht waaruit bleek, dat zij volledig op de hoogte was, en met een besliste draai zette zij het hoofd van haar pop recht.

Met in zijn borst onafgebroken een gevoel van opwinding nam Anton iedereen op. Hij kende niemand; alleen Saskia groette een paar mensen, van wie zij ook niet meer wist wie zij waren. In de kale, protestantse kerk, waar al op het orgel werd gespeeld, gingen zij op de achterste rij zitten. Toen de kist werd binnengedragen, stond iedereen op en Anton legde zijn arm om Sandra's schouders, die fluisterend vroeg of die meneer daar nu in zat. De weduwe liep aan de arm van De Graaff, – bedroefd natuurlijk, maar met opgeheven hoofd naar de mensen kijkend, soms met een knikje en een flauwe glimlach.

'Opa!' riep Sandra plotseling hard.

Hij draaide zijn hoofd even om en gaf haar een knipoog. Zij gingen vooraan zitten, bij de minister.

Anton zag nu ook de burgemeester van Amsterdam. De lijkrede werd uitgesproken door een beroemde dominee, die jarenlang in een concentratiekamp had gezeten. De uithalen van zijn stem, waarbij Sandra lachend naar haar vader opkeek, waren zo groots dat het leek of ook hij zijn retorische talent had afgedwongen op een spraakgebrek, net als Demosthenes, die geoefend had met zijn mond vol kiezelstenen. Terwijl Anton half naar hem luisterde, werd hij getroffen door het profiel van een vrouw aan de andere kant van het middenpad, een paar rijen naar voren. Om een of andere reden moest hij denken aan een sabel, die met de punt in het gras was geplant,—zo sterk was het. Zij moest een jaar of vijfenveertig zijn; haar donkere, enigszins wijd uitstaande haar begon op een paar plaatsen grijs te worden.

Als laatsten sloten zij zich aan bij de stoet naar de begraafplaats achter de kerk. Tijdens die korte wandeling over de straat en vervolgens een grintpad, was iedereen weer druk in gesprek, er werd over en weer gezwaaid, sommigen liepen snel naar voren of naar achteren. Het was minder een begrafenis dan een reünie.

'Ze zijn weer thuis,' zei Saskia.

'Als ze maar niet te weten komen, dat ze nu allemaal hier zijn.'

'Wie, "ze"?'

'De duitsers natuurlijk.'

'Schei alsjeblieft uit, zeg.'

Fotografen speurden weer naar bekende gezichten en aan de overkant stonden de dorpelingen naar hen te staren. De meesten beseften blijkbaar voor het eerst, wie zij al die jaren in hun midden hadden gehad. Jongens op brommers keken met spottende gezichten naar de stoet, maar de motoren waren afgezet. Er ging blijkbaar iets uit van die mannen en vrouwen, sommigen kreupelgeslagen, dat hun zei zich koest te houden.

'Papa?'

'Ja?'

'Wat is eigenlijk oorlog?'

'Grote ruzie. Als twee groepen mensen elkaars kop willen afhakken.'

'Wat minder kan ook wel,' zei Saskia.

'Denk je?' vroeg Anton met een lach.

Op het kerkhof had zich al een dichte kring rond het graf gevormd, zodat de familie Steenwijk er niets van te zien kreeg. Sandra begon zich te vervelen, waarop Saskia haar aan de hand nam en wat begon rond te wandelen. Achter zich hoorde hij haar inscripties voorlezen en uitleg geven aan Sandra. Nu en dan hief hij zijn gezicht op naar de brandende zon; dat zijn kleren aan zijn lichaam plakten, negeerde hij. Het zachte praten in de achterste rijen verstomde pas toen de weduwe zelf het woord nam, maar dat ging voor hem verloren in de ruimte van de zomerdag. De overvliegende vogels moesten hen daar in het wijde polderlandschap samengedromd zien rond dat kleine, donkere gat in de aarde, als een groot oog dat naar de hemel keek.

Nadat zij in de pastorie, aan het eind van de queue,

eindelijk gelegenheid hadden gekregen de weduwe te condoleren, gingen zij tussen startende auto's door naar het café aan de overkant. De paar tafeltjes die buiten stonden, waren al bezet door dorpelingen, en ook binnen was grote drukte. Gedrang bij de tapkast, tafels werden tegen elkaar geschoven, dassen losgemaakt, jasjes uitgetrokken, geroep om bier en koffie en uitsmijters. De juke box speelde *Strangers in the Night*. De minister was ook al binnen; hij praatte met de burgemeester en krabbelde iets op de achterkant van een sigarendoosje. Ook bekende schrijvers waren er, zelfs een beruchte provoleider. Toen Saskia al voorstelde om ergens anders heen te gaan, kwam haar vader binnen. Met een man of zeven, waarvan Anton er een paar van gezicht kende, ging hij naar een grote tafel achterin, die misschien gereserveerd was; zijn vrouw was blijkbaar met de weduwe en de familie naar het sterfhuis gegaan. Toen hij zijn dochter en Anton zag, wenkte hij in het voorbijgaan.

Aan tafel glorieerde hij. Al gauw waren er drie gesprekken tegelijk aan de gang, en in het zijne was hij in de verdediging, zonder dat dat ging ten koste van zijn goede humeur, kenmerkend voor iemand die zich toch de baas weet. Een man met een blonde kuif en nog blondere wenkbrauwen boog zich naar voren en zei tegen hem, dat hij nu toch wel echt een ouwe lul aan het worden was. Hoe haalde hij het in zijn hoofd: het vietnamese Bevrijdingsfront vergelijken met de nazi's—alleen omdat voor hem de amerikanen nog steeds dezelfde amerikanen waren. Maar het waren de amerikanen, die veranderd waren en nu met de nazi's vergeleken moesten worden. De Graaff leunde lachend achterover en omvatte met twee handen en gestrekte armen de rand van de tafel, zodat de mannen links en rechts van hem ook achterover moesten leunen. Met zijn dunne witte haar en voorname gelaatstrekken zat hij daar als de voorzitter van een raad van commissarissen.

'Mijn beste brave Jaap—' begon hij superieur; maar Jaap viel hem meteen in de rede:

'Ja, ga me nu niet vertellen dat ik zeker ben vergeten, dat de amerikanen ons hebben bevrijd.'

'Dat wou ik helemaal niet vertellen.'

'Daar ben ik niet zeker van. Ik ben in elk geval niks vergeten, jij bent wat vergeten.'

'En wat mag dat zijn?' vroeg De Graaff ironisch.

'Dat de russen ons net zo goed hebben bevrijd, al hebben we ze hier niet in de straten gezien. Die hebben het duitse leger verslagen. En dat het de russen zijn, die nu in Viet-Nam nog steeds aan de goede kant staan.'

Met iets ijzigs in zijn stem zei de man die achter De Graaffs linkerarm zat:

'Als we dit soort gesprekken nu eens overlieten aan andere mensen.'

'Het is toch zo!' zei Jaap. 'De russen zijn gedestaliniseerd, maar de amerikanen zijn volkerenmoordenaars geworden.'

De man achter de linkerarm zette een formele glimlach op onder zijn zwarte snor, waaruit bleek dat hij het misschien wel eens was met Jaap, maar dat die nu een hopeloos gevecht voerde.

'Allemaal vuile communisten,' zei De Graaff tevreden in Antons richting. 'Prima kerels.'

Anton glimlachte terug. Het was duidelijk dat het gesprek ook een spel was, dat zij vaker hadden gespeeld.

'Ja ja,' zei Jaap, 'prima kerels. Maar vanaf vierenveertig, Gerrit, ging het jou helemaal niet meer tegen de moffen, alleen nog tegen die prima kerels.'

Anton wist heel zeker, dat zijn schoonvader niet Gerrit heette, maar Godfried Leopold Jérôme; men sprak elkaar in dit gezelschap blijkbaar nog steeds aan met de schuilnamen uit de illegaliteit. Ook Jaap heette natuurlijk niet Jaap.

'Ja, wat wil je? De moffen waren toch verslagen?' Onschuldig keek hij Jaap aan. 'Moesten we dan de ene tyrannie inruilen tegen de andere?' Langzaam werd zijn glimlach een graadje minder.

'Zak,' zei Jaap.

'Wees jij ons maar liever heel dankbaar. Als jij in vijfenveertig je zin had gekregen, was je niet geroyeerd uit de partij, zoals nu, maar dan was je tegen de muur gezet. Zeker in jouw positie. Net als Slánský, ik zat toen in Praag. Dat je nog leeft, heb je te danken aan het Militair Gezag.' En toen Jaap zweeg: 'Altijd beter voorzitter van een voetbalclub op de mestvaalt van de geschiedenis, dan dood. Wat jij?'

De omvangrijke man die aan de andere kant van De Graaff zat, een bekende dichter met iets satanisch' in zijn schuine ogen, kruiste zijn armen en begon te lachen.

'Volgens mij,' zei hij, 'gaat het nog een mooi ge-sprek worden.'

'O ja,' zei Jaap en haalde zijn schouders op, 'bij mij kan hij makkelijk zijn gelijk halen.'

'Ken je die regels van Sjoerd?' vroeg De Graaff, —en met hoog opgeheven wijsvinger declameerde hij:

> 'Een volk dat voor tyrannen zwicht
> Zal meer dan lijf en goed verliezen,
> Dan dooft het licht.'

'Waar de poëzie al niet goed voor is,' zei de man met de snor. 'Nu ook al om napalmbombardemen-ten op dorpjes te verdedigen. Maar goed, dat is Azië maar. Trouwens, tijdens de Indonesië-affaire speel-de jij ook al zo'n rare rol. "Indië verloren, ramp-spoed geboren" en zo. Een slecht vers volgens mij, maar dat moet je maar aan hèm vragen.'

'Een onbeduidende regel,' zei de dichter.

'Je hoort het. Diezelfde politionele acties hebben diezelfde Sjoerd een paar jaar van zijn leven gekost. Terwijl het nog nooit zo goed is gegaan in Nederland als sinds we Indië kwijt zijn.'

'Dank zij de Marshall-hulp, lieve Henk,' zei De Graaff zoetsappig. 'Van de amerikanen, weet je nog?'

'Die waren ze ons nog schuldig, daar hoeven we ze niet voor te bedanken. De amerikaanse revolutie is gefinancierd met geld van amsterdamse bankiers. Dat was dus de opstand van een engelse kolonie.

lieve Gerrit. Die Marshall-hulp betalen we trouwens tot de laatste cent terug, terwijl ik betwijfel of wij ooit een cent terug hebben gezien van dat geld uit de achttiende eeuw.'

'Nakijken dus,' zei De Graaff.

'En communist ben ik ook niet. Ik ben antifascist. Maar omdat het communisme de grootste vijand van het fascisme is, ben ik wel anti-anticommunist. Dat wel.'

'Weet je waarom *hij* in het verzet zat?' vroeg Jaap plotseling, terwijl hij met een ruk naar voren kwam. 'Weet je voor wie *hij* het allemaal gedaan heeft? Voor de *prinsesjes* ...' Hij sprak het woord uit met een intonatie of hij moest braken.

'Absoluut,' zei De Graaff en zette zijn zelfgenoegzame grijns weer op.

'Een ordinaire oranjefascist, dat is wat je bent, en anders niet.'

'Ik ga naar buiten, hoor,' zei Saskia en stond op. 'Hier heb ik geen trek in. Tot straks.'

Terwijl De Graaff lachend 'Een eretitel, een eretitel!' riep, stond Anton ook even op. In het gedrang zag hij gedurende een moment weer de vrouw naar wie hij in de kerk had zitten kijken. Zijn schoonvader zat intussen hardop te lachen. Eindelijk was hij in de situatie, waarin hij zich het prettigst voelde.

'Wat weten jullie van de geheime charmes van de monarchie!' riep hij baldadig. 'Wat is mooier en verheffender voor de ziel dan paleis Soestdijk bij avond? Alle ramen verlicht, zwarte limousines die af en aan rijden, bevelen die over het gazon schallen.

Heren in gala-uniform en met blinkende sabels, dames in het lang, met fonkelende juwelen, die de trappen naar het bordes bestijgen, welkom geheten door knappe jonge officieren van de marine. Binnen het geschitter van de kroonluchters, lakeien met grote zilveren bladen vol kristallen glazen champagne, nu en dan misschien zelfs een glimp van iemand van de koninklijke familie. Als God wil misschien zelfs van Hare Majesteit zelf! En ver weg, achter de hekken in de motregen, bewaakt door de marechaussee, het grauwe volk...'

'Je meent het, godverdomme!' zei plotseling de dichter volgens wie het nog een mooi gesprek ging worden. 'Jezus Christus! Als ik zo'n klootzak was als jij, zou ik geen letter meer op papier krijgen!' Er vloog wat speeksel uit zijn mond, dat terechtkwam op De Graaffs donkerblauwe revers, niet ver van de hoge onderscheiding in zijn knoopsgat.

'Wat volgens vooraanstaande deskundigen een zegen zou zijn voor de vaderlandse letteren,' zei De Graaff.

'Laat je toch niet jennen, man,' zei Henk tot de razende dichter.

De Graaff trok zijn pochet te voorschijn en verwijderde het witte belletje. Zijn grijze das stak met de knoop vrijwel recht naar voren, om dan met een fraaie boog in zijn vest te verdwijnen. Ook Jaap moest lachen. De man die aan de andere kant van de dichter zat, een vermaard uitgever, wreef krachtig in zijn handen en zei opgetogen:

'Felle middag!'

'Dat grauwe volk,' zei Henk, 'heeft laatst in Amsterdam anders aardig wat rookbommen naar die koninklijke familie van jou gegooid.'

'*Rook*bommen...' zei De Graaff met diepe minachting.

'En dat gaat jou nog je kop kosten,' ging Henk verder tegen iemand, die achter Anton stond.

Anton draaide zich om en zag nu, dat de warmte die hij aldoor in zijn nek had gevoeld afkomstig was van het machtige, calvinistische achterwerk van de minister. Blijkbaar had hij even meegeluisterd.

'Dat kan best wezen,' zei hij.

'En dan?'

'Dan neem ik nog een borrel.'

Hij hief zijn glas jenever, wisselde een blik met De Graaff en draaide zich om.

Opeens viel er even een stilte aan de tafel. Alleen de twee mannen die links van Anton zaten praatten zacht met elkaar, zoals zij de hele tijd al hadden gedaan.

En op dat moment ving Anton deze zin op:

'Ik schoot eerst in zijn rug, en toen een keer in zijn schouder en in zijn buik, terwijl ik hem voorbijfietste.'

3

Ver weg in de tunnel van het verleden weerklinken
de zes knallen: eerst één, dan twee, dan nog twee,
dan nog één. Zijn moeder die naar zijn vader kijkt,
zijn vader naar de tussendeuren, Peter die de mantel
van de carbidlamp tilt...

Anton draaide zijn hoofd naar de man naast wie
hij al die tijd had gezeten, – en eer hij het wist, had
hij gevraagd:

'Kwam er toen nog een vierde en een vijfde schot?
En toen nog een zesde?'

Met samengeknepen ogen keek de ander hem aan.

'Wat weet jij daarvan?'

'Gaat het over Ploeg? Fake Ploeg, in Haarlem?'

Er gingen een paar seconden voorbij, eer de ander
langzaam vroeg:

'Wie ben jij? Hoe oud ben jij?'

'Ik woonde daar. Het gebeurde voor ons huis, –
dat wil zeggen...'

'Voor jullie –' Hij stokte.

Hij had het meteen begrepen. Alleen op de ope-
ratietafel had Anton iemands kleur zo snel zien weg-
trekken als toen die van zijn buurman. Hij had het
gezwollen, vlekkerig rode gezicht van iemand die
veel te veel drinkt: alsof de belichting veranderde,
werd het binnen een paar seconden zo bleek en
groezelig als oud ivoor. Anton begon een beetje te
beven.

'O, o,' zei de man die twee stoelen verder zat. 'In de fout.'

Iedereen aan tafel scheen onmiddellijk te merken, dat er iets misging. Even werd het nog stiller, –meteen daarop zette de verwarring in, er werd door elkaar gepraat, sommigen stonden op, De Graaff riep dat Anton zijn schoonzoon was en wilde tussenbeide komen, maar de man zei dat hij dit zelf moest oplossen. En toen tegen Anton, alsof hij het uitvechten wilde:

'Kom mee naar buiten.'

Hij pakte zijn jasje van de rugleuning van zijn stoel, greep Antons hand en trok hem tussen de mensen door achter zich aan, als een kind. En zo voelde Anton het ook: de warme hand van die man, twintig jaar ouder dan hij, die hem meenam, –iets dat hij nooit gevoeld had bij zijn oom, als die hem bij de hand had genomen, alleen ooit bij zijn vader. Verderop in het café wist nog niemand wat er gaande was en lachend werden zij doorgelaten. Op de juke box de Beatles:

It's been a hard day's night...

Buiten was het opeens stil. Het plein zinderde in de zon. Hier en daar stonden nog groepjes mensen, maar Saskia en Sandra waren nergens te zien.

'Kom,' zei de man, nadat hij even rondgekeken had.

Zij staken over en kwamen door het smeedijzeren hek weer op het kerkhof. Rondom het open graf met de bloemen stonden nu veel dorpelingen en lazen wat er op de linten en kaartjes stond. Op de paden en over de andere graven liepen kippen van een naburige boerderij. Bij een stenen bank in de schaduw van een eik bleef de man staan en strekte zijn hand uit.

'Cor Takes,' zei hij. 'En jij heet Steenwijk.'

'Anton Steenwijk.'

'Voor hun ben ik Gijs,' zei hij met een hoofdbeweging naar het café en ging zitten.

Anton ging naast hem zitten. Hij wilde dit helemaal niet. Hij had het gezegd ondanks zichzelf, in een reflex, zoals een zenuw reageert op de tik van een peeshamer. Takes haalde een pakje sigaretten te voorschijn, trok een sigaret half er uit en hield het hem voor. Anton schudde zijn hoofd, draaide zich naar hem toe en zei:

'Luister. Laten we opstaan en weggaan en er nooit op terugkomen. Er valt niets op te lossen, werkelijk niet. Wat gebeurd is, is gebeurd. Ik zit nergens mee, geloof me; het is meer dan twintig jaar geleden. Ik heb vrouw en kind en een goeie baan, alles is in orde. Ik had alleen mijn mond moeten houden.'

Takes stak een sigaret op, inhaleerde diep en keek hem nors aan.

'Maar je hebt je mond niet gehouden.' En na een pauze: 'Dat is nu ook gebeurd.' Pas bij de tweede zin kwam er rook met zijn woorden mee.

Anton knikte.

'Dat is waar,' zei hij.

Hij kon zich niet onttrekken aan de sombere,

donkerbruine ogen die hem aankeken. Het linkeroog was anders dan het rechter, het ooglid iets dikker, zodat daar een doordringende blik ontstond waar hij geen verweer tegen had. Takes moest in de vijftig zijn, maar zijn steile, donkerblonde haar werd alleen in de vierkantjes voor zijn oren een beetje grijs. Onder zijn oksels zaten grote zweetplekken. Dat hier de man zat, die Ploeg had doodgeschoten die avond in de hongerwinter, kwam hem voor als een sprookje.

'Ik heb iets gezegd, dat jij niet moest horen,' zei Takes, 'maar je hebt het gehoord. En toen heb jij iets gezegd, dat je niet wilde zeggen. Dat zijn nu de feiten, en daarom zitten we hier. Ik wist dat je bestaat. Hoe oud was je toen?'

'Twaalf.'

'Heb je hem gekend, die hufter?'

'Alleen van het zien,' zei Anton, terwijl de term 'hufter' in verband met Ploeg hem op een vreemde manier vertrouwd in de oren klonk.

'Ja allicht, hij kwam regelmatig bij jullie langs.'

'En ik zat bij zijn zoon in de klas.' Terwijl hij het zei, dacht hij niet aan de jongen van toen, maar aan de grote kerel die tien jaar geleden een steen in zijn spiegel had gegooid.

'Heette die niet ook Fake?'

'Ja.'

'Hij had trouwens nog twee dochters. De jongste was toen vier.'

'Net zo oud als de mijne nu.'

'Zo zie je dus, dat dat geen verzachtende omstandigheid is.'

152

Anton werd zoiets als een rilling gewaar. Hij voelde zich in de nabijheid van iets onzegbaar hards, zoals hij dat van niemand kende – of het moest zijn van die man met het litteken onder zijn jukbeen. Moest hij dat nu zeggen? Hij deed het niet. Hij wilde niet de indruk wekken, dat hij hem aanviel; bovendien zou hij Takes daarmee niets nieuws vertellen. Het was duidelijk dat hij naast iemand zat, die dat soort overwegingen sinds lang achter zich had gelaten.

'Zal ik je eens vertellen, wat die Ploeg voor iemand was?'

'Dat hoeft voor mij niet.'

'Voor mij wel. Hij had een zweep met ijzerdraad er in gevlochten, waarmee hij de vellen van je gezicht sloeg, en van je blote kont, en dan douwde hij je met je achterste tegen de gloeiende kachel. Hij stopte een tuinslang in je reet en liet hem net zo lang spuiten tot je je stront uitkotste. Hij heeft weet ik hoeveel mensen afgemaakt en nog veel meer de dood ingejaagd in Duitsland en Polen. Goed. Die moest dus uit de weg geruimd worden. Ben je het daarmee eens?' En toen Anton zweeg: 'Ja of ja?'

'Ja,' zei Anton.

'Goed. Maar aan de andere kant wisten we natuurlijk, dat er vrijwel zeker represailles zouden komen.'

'Meneer Takes,' onderbrak Anton hem, 'begrijp ik goed –'

'Voor jou Gijs.'

'...begrijp ik goed, dat u zich zit te verdedigen

tegenover mij? Ik val u toch niet aan.'

'Ik verdedig mij ook niet tegen jou.'

'Tegen wie dan?'

'Ja, dat weet ik ook niet,' zei hij ongeduldig. 'In elk geval niet tegen mezelf, of tegen God, of dergelijk fraais. God bestaat niet, en ik misschien ook wel niet.' Met die wijsvinger, waarmee hij de trekker had overgehaald, schoot hij zijn peuk weg in het gras en keek over het kerkhof. 'Weet je wie bestaan? De doden. De dode vrienden.'

Als om hem te overtuigen, dat er toch een hogere bestiering is, trok op dat moment één klein wolkje voor de zon langs, waardoor de kleuren op het graf plotseling tot inkeer leken te komen, terwijl tegelijk de grijze grafstenen harder werden. Meteen daarop werd alles weer overspoeld door het licht. Anton vroeg zich af of de genegenheid, die hij voelde voor de man naast zich op de bank, misschien voortkwam uit iets dubbelzinnigs, – omdat hij via hem deel kreeg aan het geweld, dat toen had toegeslagen, zodat hij nu niet alleen meer slachtoffer was. Slachtoffer? Natuurlijk was hij slachtoffer, al leefde hij; maar tegelijk had hij het gevoel, dat het eigenlijk over iemand anders ging.

Takes had een nieuwe sigaret opgestoken.

'Goed. We wisten dus, dat er represailles zouden komen. Ja? Dat er een huis in brand zou worden gestoken, en dat er gijzelaars zouden worden gefusilleerd. Moesten we het daarom achterwege laten?'

Toen hij niets meer zei, keek Anton hem aan.

'Wilt u, dat *ik* daarop antwoord?'

'Zeker.'

'Dat kan ik niet. Dat weet ik niet.'

'Dan zal ik het je zeggen: het antwoord is nee. Als je zegt, dat jouw familie nog had geleefd als wij Ploeg niet hadden geliquideerd, dan is dat waar. Dat is eenvoudig waar, maar meer ook niet. Als iemand zegt, dat jouw familie nog had geleefd als je vader destijds een ander huis had gehuurd, in een andere straat, dan is dat ook waar. Dan had ik hier misschien met iemand anders gezeten. Tenzij het in die andere straat was gebeurd, want dan had ook Ploeg misschien ergens anders gewoond. Dat is een soort waarheden, waar we niks aan hebben. De enige waarheid waar we iets aan hebben, dat is, dat iedereen is afgemaakt door wie hij is afgemaakt, en niet door iemand anders. Ploeg door ons, jouw familie door de moffen. Als je vindt dat we het niet hadden moeten doen, moet je ook vinden, dat het beter was geweest als de mensheid niet had bestaan, gezien de geschiedenis. Dan kan alle liefde en geluk en goedheid van de wereld niet opwegen tegen de dood van ook maar één kind. Het jouwe, bij voorbeeld. Vind je dat?'

In verwarring keek Anton naar de grond. Hij begreep het niet helemaal, hij had nooit echt nagedacht over die dingen, terwijl Takes misschien nooit over iets anders nadacht.

'Dus deden we het. We wisten–'

'Weegt het er dan *wel* tegenop?' vroeg Anton plotseling.

Takes gooide zijn sigaret voor zijn voeten en draaide haar met zijn schoen uit; maar zo grondig, dat alleen nog wat snippers overbleven, waar hij grint overheen schoof. Hij gaf geen antwoord op de vraag.

'We wisten, dat vermoedelijk minstens een van die huizen er aan zou gaan. Wat dat betreft, hebben de heren zich nog coulant gedragen. We wisten alleen niet, welk huis. We hadden die plek uitgekozen omdat het daar het stilst was en omdat we van daar het best weg konden komen. En we moesten wegkomen omdat er nog meer van dat schorem op ons lijstje stond.'

'Als jouw ouders,' zei Anton langzaam, 'in een van die huizen hadden gewoond, had je hem dan ook daar neergeschoten?'

Takes stond op, deed twee passen in zijn slobberige broek en draaide zich om.

'Nee, godverdomme,' zei hij. 'Natuurlijk niet. Wat bedoel je? Niet als het ook ergens anders had gekund. Maar bij die gijzelaars, weet je wel, diezelfde nacht, was wel mijn jongste broer. En ik wist, dat hij gegijzeld was. Wil je ook nog weten, wat mijn moeder daarvan vond? Die vond het in orde. Ze leeft nog, je kunt het haar gaan vragen. Wil je misschien haar adres?'

Anton dwong zich, niet in zijn linkeroog te kijken.

'Je kijkt me aan of het allemaal mijn schuld is, verdomme. Ik was twaalf en zat een boek te lezen toen het gebeurde.'

Takes ging weer zitten en stak een sigaret op.

'Het is stom toeval, dat het voor jullie huis is gebeurd.'

Anton keek hem van opzij aan.

'Het is niet voor ons huis gebeurd,' zei hij.

Langzaam draaide Takes zijn hoofd naar hem toe.

'*I beg your pardon?*'

'Het is voor het huis van de buren gebeurd. Die hebben hem voor ons huis neergelegd.'

Takes strekte zijn benen, legde zijn voeten over elkaar en stopte een hand in zijn zak. Knikkend keek hij over het kerkhof.

'Een goede buur is beter dan een verre vriend,' zei hij na een tijdje. Er schokte iets door hem heen, een soort lach misschien. 'Wat waren dat voor mensen?'

'Een weduwnaar met zijn dochter. Een zeeman.'

Takes begon weer te knikken en zei:

'Ik dank u... Ja, dat kan natuurlijk ook: het toeval een handje helpen.'

'Mag dat?' vroeg Anton, terwijl hij meteen het gevoel had, dat het een kinderachtige vraag was.

'Mag dat, mag dat...' herhaalde Takes. 'In Bagdad mag dat. Vraag dat maar aan de dominee, die zwerft hier ook nog wel ergens rond. Geef ze eens ongelijk, van hun standpunt. Drie seconden later en het was voor jullie deur gebeurd.'

'Ik vraag het,' zei Anton, 'omdat mijn broer toen heeft geprobeerd om hem nog een huis verder te leggen, of om hem terug te leggen, – dat weet ik niet, toen kwam de politie er aan.'

'Jezus, nou begrijp ik het eindelijk!' riep Takes. 'Daarom was hij buiten. Maar hoe kwam hij aan dat pistool?'

Verbaasd keek Anton hem aan.

'Hoe weet u dat hij een pistool had?'

'Ja, wat denk je? Omdat ik me op de hoogte heb gesteld na de oorlog.'

'Dat was het pistool van Ploeg.'

'Wat een *leerzame* middag,' zei Takes langzaam. Hij nam een trek van zijn sigaret en blies de rook door een mondhoek naar buiten. 'Wie woonden er een huis verder?'

'Twee oude mensen.'

De bevende hand die op hem afkwam. Augurken zijn net krokodillen. Hij had dat eens tegen Sandra gezegd, maar zij had niet gelachen. Zij was het er mee eens.

'Ja,' zei Takes, 'als hij hem terug had willen leggen, was het natuurlijk knokken geworden.' En meteen daarop: 'God, god, god, wat een gestoethaspel. Grote ezels, dat is wat jullie waren, allemaal. Gaan een beetje heen en weer sjouwen met dat lijk.'

'Wat had er dan moeten gebeuren?'

'Binnenhalen natuurlijk,' gromde Takes. 'Jullie hadden hem zo gauw mogelijk in huis moeten halen.'

Perplex keek Anton hem aan. Natuurlijk! Het ei van Columbus! Eer hij iets had kunnen zeggen, ging Takes verder:

'Ga maar na. Ze hadden ergens schoten gehoord, ergens in die buurt, maar ze wisten niet waar. Wat hadden ze kunnen doen als ze nergens iets op straat hadden gezien? Ze hadden toch niet meteen aan een aanslag gedacht? Eerder aan een landwachter die op iemand had geschoten of iets dergelijks. Of waren

een van jullie buren NSB'ers, die jullie er bij ge-
lapt hadden?'

'Nee. Maar wat hadden we dan met dat lijk moeten doen?'

'Weet ik veel. Wegstoppen. Onder de planken
van de vloer, of begraven in de tuin. Of nog beter
meteen opeten. Samen met de buren bakken en opeten. Het was toch hongerwinter? Oorlogsmisdadigers vallen niet onder het kannibalisme.'

Nu schokte er door Anton zoiets als een lach. Zijn
vader de griffier, die een inspecteur van politie bakte
en op at. *De gustibus non est disputandum.*

'Of dacht je misschien, dat zulke dingen nooit gebeurd zijn? Vergeet het maar. Alles is gebeurd. Je
kunt het zo gek niet bedenken, of het is gebeurd, en
nog gekker ook.'

De mensen die naar het graf wandelden of er vandaan kwamen, keken in het voorbijgaan even naar
hen: twee mannen op een stenen bank onder een
boom. De ene was jonger dan de andere. Terwijl de
anderen al lang weer in de kroeg zaten, treurden zij
nog om hun overleden vriend. Haalden herinneringen op: weet je nog die keer dat hij… Als zij langs
hen liepen, zwegen zij schroomvallig.

'Jij hebt makkelijk praten,' zei Anton. 'Jij dacht
over niets anders na dan over dat soort dingen, en
volgens mij doe je dat nog steeds. Maar wij zaten
thuis aan tafel te lezen, en toen hoorden we opeens
die schoten.'

'Ook dan zou ik er onmiddellijk aan gedacht hebben'.

'Vast wel, maar daarvoor zat je ook in een knok-
ploeg. Mijn vader was griffier, die deed nooit iets, die
schreef alleen maar op wat anderen deden. Wij zouden er trouwens geen tijd meer voor hebben gehad.
Hoewel...' zei hij, terwijl hij plotseling omhoog-
keek, de bladeren in, – 'er was eerst een soort ruzie...'

Zo licht het was, opeens zag hij onoverzichtelijke
bewegingen in een diepe duisternis, op een gang, geschreeuw, het leek wel of Peter in takken viel; iets
met een sleutel... Het verdween als de flard van een
droom, die men zich overdag even herinnert.

Hij werd afgeleid door Takes, die met zijn hak
vier verticale groeven in het grint trok, zodat daar de
zwarte aarde blootkwam:

'Luister,' zei hij. 'Er stonden toch vier huizen,
nietwaar?'

'Ja.'

'En jullie woonden in het tweede van links.'

'Dat weet je nog goed.'

'Een enkele keer zoek ik die plek nog wel eens op.
Helden keren altijd terug naar de plaats van hun
heldendaden, – dat is algemeen bekend. Ofschoon...
het zou best kunnen, dat ik de enige ben die dat doet.
Althans wat die kade van jou betreft. Goed. Ik weet
niet beter of hij lag hier, voor jullie huis. Bij welke

buren lag hij nu eerst—bij deze, of bij deze?'

'Bij deze,' zei Anton en wees met zijn schoen naar het tweede huis van rechts.'

Takes knikte en keek naar de strepen.

'Sorry, maar dan is er toch nog een vraag. Waarom heeft die zeeman hem dan bij jullie neergelegd, en niet hier, bij zijn andere buren?'

Anton keek ook naar de strepen.

'Geen idee. Heb ik me nooit afgevraagd.'

'Er moet toch haast een reden voor zijn. Had hij een hekel aan jullie?'

'Niet dat ik weet. Ik kwam er wel eens. Ze hadden eerder een hekel aan die andere buren, die negeerden iedereen.'

'En jij hebt nooit geprobeerd, dat uit te vinden?' vroeg Takes en keek hem bevreemd aan. 'Het kan je allemaal niet schelen?'

'Niet schelen, niet schelen... Ik zei toch, dat ik er geen behoefte aan heb al die dingen weer op te halen. Het is gebeurd zoals het gebeurd is, en daarmee klaar. Er valt niets aan te veranderen, ook niet door het te begrijpen. Het was oorlog, één grote rotzooi, mijn familie is vermoord en ik heb het leven er van afgebracht, ik ben opgevangen door een oom en een tante en met mij is alles goedgekomen. Jij hebt die klootzak terecht neergeschoten, heus, daar zul je mij niet over horen; daar moet je zijn zoon maar van overtuigen, bij mij is dat niet nodig. Maar waarom wil je de zaak nu ook nog helder hebben? Dat kan helemaal niet, en wat doet het er nog toe? Het is geschiedenis, antieke geschiedenis. Hoe vaak is sindsdien niet hetzelfde gebeurd? Misschien gebeurt het op dit moment weer, terwijl wij hier zitten te praten. Durf jij je hand er voor in het vuur te steken, dat niet op dit moment ergens een huis in brand wordt gestoken met vlammenwerpers? In Viet-Nam bij voorbeeld? Waar heb je het toch over? Toen je me net mee naar buiten nam, dacht ik dat het je om mijn zieleheil was begonnen, maar dat is helemaal niet zo,—ten minste niet helemaal. Jij zit er meer mee dan ik. Volgens mij kun jij geen afscheid nemen van de oorlog, maar de tijd gaat verder. Of heb je soms spijt van wat je hebt gedaan?'

Hij had snel gesproken en toch rustig, maar tegelijkertijd met een vaag gevoel, dat hij zich moest beheersen om de ander niet plotseling hard te slaan.

'Morgen doe ik het weer, als het moet,' zei Takes zonder een moment te aarzelen. 'En misschien moet het morgen weer. Ik heb een heel peloton van dat tuig uitgeroeid, en dat nog steeds tot mijn innige genoegdoening. Maar die actie bij jou op de kade... daar was iets mee. Daar is iets gebeurd.' Hij legde zijn handen op de rand van de bank en ging anders zitten. 'Laat ik zeggen, dat ik achteraf liever had gewild dat het niet door was gegaan.'

'Omdat ook mijn ouders daarbij omgekomen zijn?'

'Nee,' zei Takes hard. 'Het spijt me dat ik het zeggen moet. Dat was niet te voorzien en niet te verwachten. Dat kwam misschien doordat je broer met een pistool werd betrapt, of door iets anders, of nergens om, ik weet het niet.'

'Het kwam vermoedelijk,' zei Anton zonder op te kijken, 'doordat mijn moeder de baas van die duitsers aanvloog.'

Takes zweeg en bleef ook voor zich uit kijken. Toen draaide hij zijn gezicht naar Anton en zei:

'Ik zit je heus niet te kwellen in dienst van mijn heimwee naar de oorlog, als je dat misschien denkt. Dat soort mensen ken ik ook, maar daar hoor ik niet bij. Die gaan elke vakantie naar Berlijn en zouden liefst een portret van Hitler boven hun bed hangen. Nee, de zaak is dat er nog iets anders aan de hand was, daar in Haarlem.' Er verscheen iets glanzends in zijn ogen; Anton zag zijn adamsappel een paar keer op en neer gaan. 'Jouw ouders en je broer en die gijzelaars waren niet de enigen, die het toen hun leven heeft gekost. Ik was namelijk niet alleen toen ik op Ploeg schoot. We waren met z'n tweeën. Ik was in gezelschap – van iemand die... laat ik zeggen... mijn vriendin. Enfin, laat maar.'

Anton staarde hem aan, en plotseling overspoelde het hem. Met zijn handen tegen zijn gezicht wendde hij zich af en begon te snikken. Zij stierf. Op dit moment stierf zij voor hem, eenentwintig jaar geleden, en tegelijk daarmee verrees zij als wat zij voor hem betekend had, eenentwintig jaar lang, verborgen in duisternis en zonder dat hij eigenlijk ooit aan haar dacht, want dan had hij zich moeten afvragen of zij nog leefde. Daarstraks nog had hij haar gezocht, in de kerk, en later weer in het café, – dat begreep hij nu pas. Daarom ook was hij naar deze begrafenis gegaan, waar hij niets te maken had.

Hij voelde de hand van Takes op zijn schouder.

'Wat krijgen we nou?'

Hij haalde zijn handen weg. Zijn ogen waren droog.

'Hoe is ze aan haar eind gekomen?' vroeg hij.

'Drie weken voor de bevrijding is ze in de duinen geëxecuteerd. Ze ligt daar op de Erebegraafplaats. Waarom trek jij je dat in hemelsnaam zo aan?'

'Omdat ik haar ken,' zei Anton zacht. 'Omdat ik met haar gesproken heb. Ik zat die nacht bij haar in de cel.'

Ongelovig keek Takes hem aan.

'Hoe weet je, dat zij het was? Hoe heet ze dan? Ze heeft toch zeker niet gezegd wie ze was.'

'Nee, maar ik weet het zeker.'

'Heeft ze soms gezegd, dat ze bij die aanslag betrokken was?'

Anton schudde zijn hoofd.

'Nee, ook niet, maar ik weet het zeker.'

'Hoe dan, verdomme!' zei Takes driftig. 'Hoe zag ze er uit?'

'Dat weet ik niet, het was pikdonker.'

Takes dacht even na.

'Zou je haar herkennen als je een foto zag?'

'Ik heb haar niet gezien, Takes. Maar... ik zou graag een foto van haar zien.'

'Wat zei ze dan? Je moet toch *iets* weten!'

Anton hief zijn armen op.

'Ik wilde dat ik het wist. Het is zo lang geleden... Ze was gewond.'

'Waar?'

'Weet ik niet.'

Takes ogen werden vochtig.

'Ze moet het geweest zijn,' zei hij. 'Als ze ook niet zei wie ze was... Ploeg heeft haar op het laatste moment nog aangeschoten, toen we al bijna de hoek om waren.'

Toen Anton Takes' tranen zag, moest hij zelf ook huilen.

'Hoe heette ze?' vroeg hij.

'Truus. Truus Coster.'

De mensen bij het graf keken uit hun ooghoeken nu uitsluitend nog naar hen. Misschien verbaasden zij zich er over, dat twee volwassen mannen zich zo konden laten gaan in hun verdriet om een gestorven vriend. Misschien waren het eigenlijk wel aanstellers...

'O, daar heb je ze, die malloten!'

De stem van zijn schoonmoeder. Met Saskia en Sandra in haar kielzog kwam zij het hek door: twee zwarte gestalten op het verblindende grint, en een kind in het wit. Sandra riep 'Pappa!', liet haar pop vallen en holde naar Anton, hij kwam overeind, ving haar bukkend op en nam haar in zijn armen. Aan de grote ogen, waarmee Saskia naar hem keek, zag hij dat zij zich ongerust had gemaakt. Geruststellend knikte hij haar toe. Maar haar moeder, leunend op haar glimmend zwarte stok met het zilveren handvat, liet zich niet zo snel behandelen.

'Nou ja, zeg, zitten jullie een beetje te huilen?' vroeg zij kwaad, – waarop Sandra met een ruk van haar hoofd naar Antons gezicht keek. Mevrouw De Graaff maakte een geluid of zij moest overgeven. 'Ik word niet goed van jullie. Kunnen jullie dan nooit ophouden over die rotoorlog? Ben jij mijn schoonzoon een beetje aan het gekmaken, Gijs? Ja, ja, jij natuurlijk weer.' Zij liet een vreemde, honende lach horen, waarbij haar grote wangen schudden. 'Dat deugt helemaal niet hier, zoals jullie daar staan, als twee betrapte necrofielen. Op het kerkhof nog wel! Dat is dus meteen afgelopen. Meekomen jullie.'

Zij draaide zich om en liep terug, even nog met haar stok naar de pop op het grint wijzend en zonder een moment er aan te twijfelen, dat er gehoorzaamd werd. En zo was het ook.

'Je houdt het toch niet voor mogelijk,' zei Takes, ook met een rare lach, waaruit bleek dat hij eerder met mevrouw De Graaff te maken had gehad. Toen Anton hem aankeek, zei hij: 'Koningin Wilhelmina.'

Terwijl Sandra vertelde, dat zij met mama in het huis van die dode meneer was geweest en daar twee glazen ranja had gekregen, gingen zij terug naar het plein. Daar liep ook het café nu leeg. Voor de deur stond de auto met de standaard, de chauffeur bij het achterportier. Er werd onderzoekend naar Anton gekeken, maar niemand bemoeide zich er mee. Sandra ging met haar grootmoeder het café in om De Graaff te halen. Saskia, de pop in haar handen, zei dat Sandra nodig iets moest eten, en dat zij haar moeder had voorgesteld om samen te gaan lunchen, ergens buiten.

'Blijf even staan,' zei Takes.

Anton bleef staan en voelde dat Takes tegen zijn rug iets opschreef. Onderwijl keek Saskia hem weer aan met die blik van daarnet, en hij sloot even zijn ogen ten teken dat alles in orde was met hem. Takes scheurde een blaadje uit zijn agenda, vouwde het op en stopte het in Antons borstzak. Zwijgend gaf hij hem een hand, knikte naar Saskia en ging het café in.

Aan de rand van de stoep probeerde Jaap zijn brommer te starten. Toen het lukte, kwam de minister met De Graaff naar buiten; de chauffeur nam zijn pet af en opende het portier. Maar de minister ging eerst naar Jaap en gaf hem een hand.

'Tot ziens, Jaap.'

'Ja,' zei Jaap. 'Tot de volgende keer maar weer.'

4

Sandra wilde natuurlijk bij opa en oma in de auto,
en achter elkaar reden zij over binnenwegen naar
het restaurant, dat Anton wist. Hij zou nu onge-
stoord met Saskia kunnen praten over wat er gebeurd was, maar dat deed hij niet. Zwijgend zat hij
achter het stuur, – en zij had thuis geleerd, dat zij in
zo'n geval hetzelfde moest doen bij mensen die uit de
oorlog te voorschijn waren gekomen. Zij vroeg alleen of het een soort verzoeningsscène was geweest,
waarop hij zei: 'Zoiets' – al was dat niet waar. Met
het gevoel of hij te lang in een heet bad had gezeten,
keek hij naar de weg. Hij probeerde na te denken
over het gesprek, maar het leek of hij nog niet wist,
hoe hij dat doen moest; het was of er nog steeds eigenlijk niets was om over na te denken. Toen hij zich
het papiertje herinnerde, dat Takes in zijn borstzak
had gestoken, haalde hij het te voorschijn en vouwde
het met de vingers van één hand open. Er stond een
adres met een telefoonnummer op.

'Zoek je hem op?' vroeg Saskia.

Hij stopte het terug en streek zijn haar opzij.

'Ik denk het niet,' zei hij.

'Maar je gooit het niet weg.'

Glimlachend keek hij haar even aan.

'Dat niet, nee.'

Het restaurant, waar zij na een minuut of tien
aankwamen, was van een degelijke provinciaalse

chic. Binnen, in de omgebouwde stolpboerderij, was het donker en leeg; er werd gegeten in de schaduw van de boomgaard, waar obers in rok bedienden.

'Ik wil patatjes!' riep Sandra toen zij uit de andere auto aangehold kwam.

'Patatjes,' herhaalde mevrouw De Graaff en maakte weer dat geluid of zij moest kotsen, – 'ik *vind* dat ordinair...' En tot Saskia: 'Kun je dat kind niet leren, dat dat bocht *pommes frites* heet?'

'Laat dat arme wicht toch patatjes eten,' zei De Graaff, 'als het geen *pommes frites* lust.'

'Ik wil patatjes.'

'Jij krijgt patatjes,' zei De Graaff en legde zijn hand op haar kruin, als een helm. 'Met roerei. Of heb je liever *scrambled eggs*?'

'Nee, roerei.'

'Zeg pa,' zei Saskia, 'kun je wel?'

De Graaff ging aan het hoofd van een tafel zitten en legde zijn handen weer met gestrekte armen tegen de rand. Toen de ober hem de kaart wilde aanreiken, duwde hij die met de rug van zijn hand opzij.

'De man een vis. En patatjes met roerei voor de freule. En een Chablis in een koeler, die aan de buitenkant beslagen is. Als ik u zo zie in uw costuum, zal het mij des te beter smaken.' Hij moest even wachten tot zijn vrouw een korte lachstuip had overwonnen en drapeerde het servet over zijn schoot. 'Jullie kennen toch die anekdote over Dickens? Die gaf elke kerstavond een diner voor zijn vrienden. Het vuur werd opgerakeld, de kaarsen aangestoken, en als ze dan aan de gans zaten, hoorden ze buiten onder het

raam, in de sneeuw, een eenzame zwerver stamp-
voeten en zich warmslaan, terwijl hij om de paar
minuten riep: "Hu, wat is het koud!" Die had hij
daarvoor ingehuurd, om het contrast te verhogen.'

Lachend keek hij naar Anton, die tegenover hem
zat. Zijn opgewektheid was natuurlijk vooral bedoeld om hem te helpen; maar toen hij de blik in Antons ogen zag, bestierf zijn lach. Hij legde het servet
naast zijn bord, maakte een beweging met zijn hoofd
en stond op. Anton stond ook op en volgde hem.
Toen ook Sandra van haar stoel wilde komen, zei
mevrouw De Graaff:

'Jij blijft zitten.'

Aan de rand van een sloot vol kroos, die het erf
afgrensde van het weiland, bleven zij staan.

'Hoe is het nu, Anton?'

'Ik red me wel, vader.'

'Die verdomde gek van een Gijs. Flater numero
één. In de oorlog is hij gemarteld en hij heeft niets
losgelaten – en nu praat hij zijn mond voorbij. Hoe is
het ook godsmogelijk, dat je net naast hem zat.'

'En dat in zekere zin voor de tweede keer,' zei Anton.

Vragend keek De Graaff hem aan.

'Ja, ook dat nog,' zei hij, toen hij het begreep.

'Maar precies daarom klopt het met elkaar. Ik bedoel… het heft elkaar op.'

'Het heft elkaar op,' herhaalde De Graaff en knikte. 'Zo zo. Wel,' zei hij met een gebaar, 'je spreekt in
raadsels, maar dat zal dan wel jouw manier zijn
om met de dingen in het reine te komen.'

Anton lachte.

'Ik begrijp zelf ook niet precies, wat ik er mee bedoel.'

'Ja, wie moet het dan begrijpen? Maar goed, de hoofdzaak is dat je het in de hand houdt. Misschien is het wel een geluk voor je, wat er vanmiddag is gebeurd. We hebben het allemaal opgeschort, maar nu komen de problemen. Dat hoor ik van alle kanten. Twintig jaar schijnt een soort incubatieperiode te zijn van onze ziekte. En die toestanden in Amsterdam hebben daar volgens mij ook iets mee te maken.'

'U maakt anders niet de indruk, dat u ergens last van hebt.'

'Ja...' zei De Graaff en probeerde met de punt van zijn zwarte schoen een steen los te wrikken, die door gras en onkruid in de aarde werd vastgehouden, –'ja...' Toen het niet lukte, keek hij Anton aan en knikte. 'Laten we maar aan tafel gaan. Lijkt je dat ook niet het beste?'

Nadat de De Graaffs richting Gelderland waren vertrokken, gingen Saskia en Anton om beurten naar de w.c. en kwamen er in zomerkleren weer uit. Na die metamorfose reden zij naar Wijk aan Zee.

Aan het eind van de smalle weg door de duinen, waar hier en daar nog bunkers van de voormalige Atlantikwall stonden, lag de zee glad en getemd tot de horizon. Omdat het een normale schooldag was, werd het strand voornamelijk bevolkt door moeders met kleine kinderen. Op blote voeten liepen zij door het hete zand en over de droge, scherpe rij schelpen van de vloedlijn naar de laatste uitlopers van het water. Pas daar werd het plotseling wat koeler. Saskia en Sandra gooiden meteen hun kleren uit en holden de lauwe vijver voor de eerste zandbank in, terwijl Anton eerst hun woning inrichtte, handdoeken uitspreidde, een detectiveroman er onder schoof, de kleren opvouwde, emmer en schepje klaarzette en zijn horloge in Saskia's tas deed. Daarna liep hij langzaam het water in, naar het diepe.

Achter de tweede zandbank, waar hij geen grond meer onder zijn voeten had, werd het water echt koel. Maar het was een vreemde, onaangename koelte, die hem niet verfriste: de afstraling van een kille, doodse diepte, die in hem trok. Toch bleef hij nog even rondzwemmen. Ofschoon hij nog geen tweehonderd meter van het strand verwijderd was, hoorde hij al niet meer bij het land. De kust was stilgevallen en strekte zich naar links en rechts uit als iets heel anders dan waar hij nu was. De duinen, een vuurtoren, lage gebouwen met hoge antennes. Hij voelde zich opeens moe en alleen, zijn onderkaak begon te klapperen en zo snel hij kon zwom hij terug, alsof hij moest ontkomen aan een dreiging achter de horizon. De zee werd geleidelijk warmer, en zodra hij grond voelde begon hij wadend te lopen. Bij Saskia en Sandra was het water zo warm als een bad. Daar ging hij languit achterover liggen, op de harde zandribbels, spreidde zijn armen en zuchtte diep.

'Het is koud, verderop,' zei hij.

Terug op het strand trok hij zijn handdoek een paar meter naar achteren, op het hete, witte zand.

Saskia kwam naast hem zitten en samen keken zij naar Sandra, die op haar beurt op gepaste afstand naar een meisje van haar eigen leeftijd keek, dat een zandkasteel aan het bouwen was. Even later begon zij zwijgend mee te doen, wat de ander voorgaf niet op te merken.

'Hoe voel je je?' vroeg Saskia.

Hij sloeg een arm om haar schouders.

'Goed.'

'Zet het toch van je af.'

'Ik heb het van me af gezet.' Hij ging op zijn buik liggen. 'De zon doet me goed.' Hij legde zijn gezicht in de holte van zijn arm en sloot zijn ogen. Met een rilling voelde hij een kriebelend straaltje over zijn rug en zijn zij lopen, en toen Saskia's handen die hem invetten...

Toen hij even later met een schok zijn hoofd optilde, merkte hij dat hij een moment geslapen moest hebben. Hij ging weer zitten en keek naar Saskia, die op haar knieën Sandra invette zonder dat zij het merkte. De zon was nu op haar heetst. In het water werd gebald, onder een uitgespannen zeildoek speelden twee jongens op gitaren. Kleuters liepen verbeten de zee in en uit en leegden emmertjes water in kuilen, bezield door de onwrikbare overtuiging, dat het eens zou blijven staan. Anton pakte zijn boek en probeerde wat te lezen, maar ook in de schaduw van zijn hoofd was het papier te verblindend zonder zonnebril.

Sandra begon te dreinen en Saskia ging nog een keer het water in met haar. Toen zij er uit kwamen, liepen zij druipend naar een oploop een eind verder; maar even later kwam Sandra huilend naar Anton gehold. Jongens waren daar bezig, een paarse kwal zo groot als een koekepan met scheppen aan stukken te hakken, en de kwal kon niets terugdoen. Met een beslistheid, die zij van haar moeder had geërfd, begon Saskia haar spullen bij elkaar te zoeken.

'Ik ga naar het dorp, boodschappen doen met Sandra, en dan gaan we. Dat kind is doodmoe. Eerst die kerk en die begrafenis, en dan nog daar in dat sterfhuis...' Gehurkt wreef zij Sandra droog dat zij schudde op haar kleine benen.

'Laat ik dan meteen meegaan.'

'Nee, blijf jij nou hier, anders duurt het alleen maar langer. We drinken nog iets en dan komen we je wel halen.'

Hij keek hen na om nog een keer te zwaaien, maar zonder om te kijken zwoegden zij naar boven. Toen zij verdwenen waren, ging hij glinsterend van het zweet op zijn rug liggen en sloot zijn ogen...

Geleidelijk trokken de geluiden op het strand weg naar de schil van een bol zo groot als de hemelkoepel. Als een punt lag of zweefde hij in het midden er van, in een lege, rose ruimte, die zich snel onttrok aan de wereld. Er begon iets te stampen, iets ondergronds, maar er was geen grond; stampen, bonken van de ruimte zelf. Het werd donkerder en er wolkte iets, zoals wanneer een druppel inkt in een glas water valt: uitstulpende vermenging die geen vermenging is, plasmatische beweging, gedaanteverwisseling, een vage hand die even verandert in een ouderwets pro-

fessorengezicht met een sik en een lorgnet en dan in
een opgetuigde circusolifant op een platte wagon.
Het bonken wordt dat van een trein over een em-
placement vol wissels, de trein gaat op in een flard
muziek, waaiend graan. Alles wordt zwarter in de
neerdruppelende nacht. Uit de gepluimde helm van
een harnas duikt nog een wapperende vlam op, – dan
is alles plotseling hard, duurzaam. Er verschijnt
weer licht. Een reusachtige deur van rose kristal,
niet verlicht door het licht, maar zelf het licht uit-
stralend. Er boven twee engelen met staarten van
gelobde bladeren, ook van kristal. De deur is afgesloten door ingebouwde of ingesmolten, rose geverfde
ijzeren staven. Hij ziet dat niets beschadigd is na al
die jaren. Hij is thuis, in 'Buitenrust'. Ondanks de
afsluiting gaat hij naar binnen, maar de kamers zijn
leeg. Alles is onherkenbaar verbouwd, met een over-
daad aan beelden, sculpturen, ornamenten. Er hangt
een stilte als onder water. Met moeite, alsof iets hem
tegenhoudt, waadt hij door de kamers, die zalen zijn
geworden. Plotseling, met een gevoel van herkenning, ziet hij aan de achterkant de kleine studeerkamer van zijn vader. Maar waar de schuine muur
was, is nu een glazen aanbouw, als een grote serre of
een wintertuin, met daarin een kleine fontein en de
ranke, krijtwitte gevel van een griekse tempel...

Alleen in zijn onderbroek lag hij op de bank, de bal-
kondeuren wijd open naar de warme zomeravond.
De kamer was alleen verlicht door de late schemering en de lantarens op straat. Nu was pas goed te

175

zien, hoe verbrand hij was in zijn gezicht, op zijn borst en de voorkant van zijn benen. Ofschoon dat niet gauw gebeurde met zijn enigszins getinte huid, was alles daar nu zo rood alsof hij verschrikkelijk geslagen was. Toen Sandra hem wakker schudde, had hij meer dan anderhalf uur geslapen. Bij slapen verlangzaamt de bloedsomloop, terwijl zij in de zon juist versnellen moet om de hitte af te voeren, en dan verbrandt men. Hij had barstende hoofdpijn; maar op de achterbank van de auto, in de weldadige schaduw, was die bijna helemaal verdwenen. Ook de wijn bij de lunch had er vermoedelijk iets mee te maken.

In de verte hing de onafgebroken dreun van het verkeer, maar in de straat waren alleen stemmen van mensen te horen die op hun balkons zaten, of beneden op de stoep. Een paar huizen verder speelde een kind op een blokfluit. Omdat Sandra niet in slaap kon komen, had Saskia haar na het eten in het grote bed gelegd en was even bij haar gaan liggen, waarop zij meteen ook zelf in slaap viel.

Moe staarde Anton voor zich uit. Hij dacht aan Takes, en dat in het leven blijkbaar alles aan het licht komt vroeg of laat, afgehandeld wordt en *ad acta* gelegd. Hoe lang was het inmiddels geleden, dat hij bij de Beumers was geweest? Een jaar of vijftien – meer jaren geleden dan hij zelf telde in 1945. Meneer Beumer lag nu zonder twijfel eindelijk stil in zijn kist, en mevrouw Beumer was waarschijnlijk ook al dood. In Haarlem was hij niet meer geweest sindsdien. En Fake? God weet waar hij uithing, het deed er niet toe; misschien was hij bedrijfsleider geworden van de zaak in Den Helder. Met Takes was het anders. Zij hadden gehuild met z'n tweeën. Het was de eerste keer, dat hij gehuild had om wat er was gebeurd – maar niet om zijn ouders en Peter, maar om de dood van een meisje dat hij nooit had gezien. Truus... Truus hoe? Hij richtte zich iets op en probeerde op haar achternaam te komen, maar dat lukte niet. Doodgeschoten in de duinen. Bloed in het zand.

Hij deed zijn ogen dicht om de duisternis van die cel op te roepen. Haar vingers, die zacht over zijn gezicht streken... Hij legde zijn handen tegen zijn gezicht en keek met grote ogen tussen de tralies van zijn vingers door. Hij haalde diep adem en streek met beide handen zijn haar naar achteren. Hij moest dit niet doen, het was gevaarlijk. Het ging niet goed met hem, hij moest naar bed, maar hij kruiste zijn armen en staarde weer voor zich uit.

Takes had een foto van haar. Moest hij naar hem toe gaan en haar alsnog identificeren? Zij was zijn vriendin geweest, zijn grote liefde kennelijk, en vanzelfsprekend had hij er recht op, van hem een laatste bericht over haar te krijgen. Maar hij kon zich niets herinneren van wat zij gezegd had, alleen dat zij veel had gepraat en zijn gezicht aangeraakt. Het enige dat hij met een bezoek aan Takes zou bereiken, was dat zij voor hem, Anton, uit haar grote en onzichtbare aanwezigheid weggehaald zou worden en teruggebracht tot een bepaald gezicht. Wilde hij dat? Zou hij datgene, wat hij nu in haar bezat, daarmee niet verminderen? Het deed er niet toe of haar gezicht mooi of lelijk, aantrekkelijk, onaantrekkelijk of hoe dan ook zou zijn, maar dat het zo zou zijn als het was en niet anders, terwijl hij nu geen enkele voorstelling van haar had – alleen een abstract besef, zoiets als katholieke kinderen hebben van hun 'beschermengel'.

En nu gebeurde er het volgende. Met een beweging, die deed denken aan de gewichtloze manier waarop een trapezewerker overeind komt uit het vangnet, waarin hij zich van grote hoogte heeft laten vallen, kwam hij uit zijn liggende houding naar voren en keek op zijn knieën naar de foto, waar hij al die tijd naar had gestaard zonder het te beseffen. Ingelijst stond zij op de koperbeslagen mahoniehouten kast met zijn sextantenverzameling. In de diepe schemer was nauwelijks te onderscheiden wat er op stond, maar ook zonder dat hij het goed zag wist hij het: Saskia – in een zwarte jurk tot op haar enkels, haar buik gezwollen van Sandra, die een paar dagen later geboren zou worden. Het was niet waar, dat hij geen voorstelling had gehad van de jonge vrouw die Truus bleek te heten! Zo was van meet af aan zijn voorstelling van haar geweest, zo en niet anders: als Saskia! Dat was wat hij met de eerste oogopslag in haar had herkend, die middag bij de *Stone of Scone*. Saskia was de afbeelding van een voorstelling, die hij sinds zijn twaalfde met zich meegedragen moest hebben zonder het te weten, en die pas aan haar zichtbaar was geworden – niet als de herkenning van die voorstelling, maar als zijn onmiddellijke liefde, de onmiddellijke zekerheid dat zij bij hem moest blijven en hem een kind baren!

Verontrust begon hij door de kamer heen en weer te lopen. Wat waren dat voor gedachten? Misschien was het waar, misschien niet; maar zelfs al was het waar, was hij dan niet bezig Saskia iets aan te doen? Zij was toch in de eerste plaats zelf iemand. Wat had zij te maken met een in de duinen gefusilleerde en sinds lang vergane verzetsstrijdster? Als zij niet mocht zijn die zij was, maar iemand anders moest voorstellen, was hij dan niet bezig zijn huwelijk op te breken? Dan had zij geen enkele kans, want zij kon niet iemand anders zijn. Dan was hij in zekere zin bezig haar te vermoorden. Maar aan de andere kant: als het waar was, dan zou hij nu niet met Saskia zijn als hij toen niet dat meisje onder het politiebureau had ontmoet. Dan waren die twee vrouwen niet van elkaar los te maken. Dat wil zeggen, daar zat zijn fantasie natuurlijk nog tussen. Allicht leek Saskia niet op Truus, want hij wist niet hoe Truus er uitzag. Anders had Takes trouwens wel anders op Saskia gereageerd, maar hij had nauwelijks aandacht aan haar besteed. Saskia leek uitsluitend op de voorstelling die Truus in hem, Anton, had opgeroepen. Maar waar kwam die voorstelling dan vandaan? Waarom was het juist deze en niet een andere? Misschien stamde zij uit een veel oudere bron, misschien was zij–*à la* Freud–ontleend aan het beeld van zijn moeder toen hij in de wieg lag.

Hij ging op het balkon staan en keek naar beneden, maar zonder iets te zien. Als hij in het ziekenhuis hoorde, dat de volgende dag een nieuwe collega zou komen die zo en zo heette, dan had hij ook altijd onmiddellijk een voorstelling van hem of haar. Die klopte nooit, was ook meteen vergeten als hij de betreffende zag, maar waar kwam zij vandaan? Ook met bekende schrijvers en kunstenaars was het hem overkomen: als hij voor het eerst hun portret onder ogen kreeg, viel hij soms van de ene verbazing in de andere, waaruit dus bleek, dat hij zonder het te beseffen een voorstelling van hen had gehad. Het kwam zelfs voor, dat hij na het zien van zo'n foto zijn belangstelling voor het werk verloor. Bij Joyce was hem dat overkomen—niet omdat hij lelijk was, want Sartre was nog lelijker, en diens portret had zijn belangstelling juist verhoogd. Blijkbaar was de voorstelling soms juister dan de werkelijkheid.

Met andere woorden: er was niets op tegen, dat Saskia leek op zijn voorstelling van Truus. Truus had onder die omstandigheden een beeld in hem opgeroepen, waaraan Saskia bleek te beantwoorden, en dat was in orde, want dat beeld was niet van Truus maar van hem, en waar het vandaan kwam was een mysterie zonder belang. Trouwens, misschien zat de zaak wel omgekeerd in elkaar. Saskia had hem bij de eerste blik in zijn hart getroffen, en misschien verbeeldde hij zich om die reden nu achteraf, dat ook Truus er zo uit moest hebben gezien. Maar in dat geval was het natuurlijk Truus die hij onrecht deed, en dan was het zijn plicht om niet alleen te weten hoe zij heette, maar ook hoe zij er werkelijk uitgezien had—zij zelf: Truus Coster.

Het was wat koeler geworden. In de verte weer-
klonken sirenes van politieauto's; er was weer wat
aan de hand in de stad, zoals nu al sinds bijna een
jaar. Het was half elf, en hij besloot nu meteen Takes
te bellen. Hij ging naar boven, naar de slaapkamer.
Ook daar waren de gordijnen nog open. De dekens
waren weggeslagen en Sandra lag met haar mond
open onder het laken te slapen; Saskia half aangekleed op haar buik er naast, een arm om haar heen.
In de warme stilte vol slaap bleef hij even staan kijken. Hij had het gevoel dat hij zojuist langs iets fataals was gescheerd, dat hem nu voorkwam als heil-
loze verwarring: doldraaiende hersenspinsels, te
voorschijn geroepen door een zonnesteek. Hij moest
het vergeten en ook gaan slapen.

Maar in plaats daarvan ging hij naar zijn jasje,
dat Saskia over een stoel had gehangen, en met twee
vingers haalde hij het papiertje uit de borstzak, – in
het vage besef, nog steeds bezig te zijn met iets dat
niet deugde.

5

'*Any time*,' had Takes gezegd toen Anton vroeg, wanneer hij langs kon komen, – 'nu meteen, zou ik zeggen.' Toen hij meldde, dat hij een beetje hoofdpijn had, zei Takes: 'Wie niet?' Anton had de volgende dag dienst tot vier uur; zij spraken af om half vijf.

De hitte hield nog steeds aan. Het had hem inspanning gekost zich op zijn werk te concentreren, en hij was blij dat hij naar buiten kon voor de wandeling naar de Nieuwe Zijds Voorburgwal. Hij had nog steeds last van zijn verbrande gezicht en borst. Saskia had hem 's morgens nog eens goed ingevet; onderwijl had hij overwogen of hij haar over zijn afspraak zou vertellen, maar hij had het niet gedaan. Op het Spui stond een colonne blauwe overvalwagens van de politie, er hing spanning in de stad, maar dat was al normaal geworden. De burgemeester en de minister zochten het maar uit. Takes woonde schuin achter het paleis op de Dam, in een smal huis, alleen tussen vrachtauto's door te bereiken. Uit beter dagen zat in de gevel een steen, met in reliëf een soort fabeldier met een vis in zijn bek, waaronder stond:

D'OTTER

Op het bordes duurde het even eer Anton de naam had gevonden tussen de opschriften van allerlei kantoren, bedrijfjes en particulieren; de zijne was met potlood geschreven op een papiertje, met een punaise vastgeprikt onder een bel, waarop drie keer gedrukt moest worden.

Toen hij opendeed, zag Anton meteen dat hij gedronken had. Zijn ogen stonden waterig en zijn gezicht was nog vlekkeriger dan gisteren; hij was ongeschoren, een grijzig waas lag over zijn kaken tot in zijn openstaande hemd. Anton volgde hem door een hoge, lange gang met afbladderende kalk, geparkeerde fietsen, dozen, emmers, planken en een half in elkaar gezakte, opblaasbare rubberboot. Achter deuren hing het geluid van schrijfmachines en van een radio; op een antieke eikenhouten trap, die met een dolle kronkel in de gang uitkwam, zat een oude man met een pyjamajasje over zijn broek en prutste aan een uitneembare peddel.

'Heb je de krant gelezen?' vroeg Takes zonder om te kijken.

'Nog niet.'

Door een deur aan het eind van de gang, in het achterhuis, kwam hij in een klein vertrek, dat tegelijk als slaapkamer, werkkamer en keuken diende. Er stond een onopgemaakt bed, maar ook zoiets als een schrijftafel, overdekt met papieren, brieven, giroafschrijvingen en opengeslagen kranten en tijdschriften, met daartussen een koffiekop, een overvolle asbak, een openstaande pot jam en zelfs een schoen. Anton gruwde van zo'n verzameling dingen die niet bij elkaar hoorden; thuis kon hij het zelfs niet aanzien als Saskia even een kam of een handschoen op zijn bureau legde. Potten, pannen, onafgewassen borden, koffers alsof hij op het punt stond te vertrekken. Boven het zinken aanrecht stond een raam open naar een rommelige binnenplaats, waar ook muziek hing. Takes nam een opengeslagen krant van zijn bed, vouwde hem op, en toen nog een paar keer, zodanig, dat uitsluitend één artikel op de voorpagina zichtbaar bleef.

'Dat zal jou ook interesseren,' zei hij, –en Anton las:

WILLY LAGES
–ernstig ziek–
VRIJGELATEN

Zoveel wist hij, dat Lages het hoofd was geweest van de S D of de Gestapo in Nederland, en in die functie verantwoordelijk voor duizenden executies en de deportatie van honderdduizend joden; na de oorlog was hij ter dood veroordeeld en had al jaren geleden gratie gekregen. Daar was toen massaal tegen gedemonstreerd–zij het niet door hem.

'Hoe vind je dat?' vroeg Takes. 'Omdat hij *ziek* is, unser lieber kleiner Willy. Moet je opletten hoe gauw hij opkikkert in Duitsland, –en intussen zijn daar dan een hoop andere mensen echt ziek van geworden. Maar dat is het mindere euvel. Al die humane heren met hun menslievendheid op onze kosten. De oorlogsmisdadiger is ziek, ach gut, dat arme schaap. Gauw vrijlaten die fascist, want wij zijn geen fascisten, wij houden onze handen schoon. Worden nu zijn slachtoffers ziek? Wat een haatdragende mensen toch, die antifascisten, zij zijn zelf geen haar beter. Dat ga je allemaal krijgen, let maar op. En wie zijn straks de grootste supporters van die vrijlating? Al die mensen, die ook in de oorlog hun handen schoon hebben gehouden—de katholieken voorop natuurlijk. Hij is niet voor niks pijlsnel rooms geworden in de gevangenis. Maar als hij in de hemel komt, prefereer ik de hel...' Takes keek Anton aan en nam de krant uit zijn handen. 'Jij hebt je er al bij neergelegd, hè? Laat ik maar aannemen, dat je zo rood in je gezicht ziet van schaamte. Jouw ouders en je broer ressorteerden ook onder die meneer.'

'Niet onder dat wrak van nu.'

'Dat wrak?' Takes nam zijn sigaret uit zijn mond, die hij even open liet staan zodat de rook er langzaam uit ontweek. 'Geef hem hier en ik snijd hem alsnog zijn strot af. Met een zakmes, als het moet. Dat wrak... Alsof het om het lichaam gaat.' Hij smeet de krant op zijn bureau, duwde met zijn voet een lege fles onder het bed en keek hem plotseling met een geforceerde lach aan. 'Maar ja, jij bent nu eenmaal helper van de lijdende mensheid van beroep, is het niet?'

'Hoe weet je dat?' vroeg Anton verbaasd.

'Omdat ik vanmiddag die boef van een schoonvader van je heb gebeld. Een mens moet toch weten met wie hij te maken heeft?'

Terwijl hij hem aan bleef kijken, schudde Anton zijn hoofd, terwijl er langzaam een glimlach om zijn mond kwam.

'Het is nog steeds oorlog, hè Takes?'

'Zeker,' zei Takes en bleef ook hem recht aankijken. 'Zeker.'

Anton voelde zich ongemakkelijk onder de borende blik van het linkeroog. Gingen zij nu dat spelletje doen van wie het eerst met zijn ogen knippert? Hij sloeg zijn ogen neer.

'En jij?' vroeg hij, terwijl hij rondkeek. 'Ik ben zo dom geweest om niemand te bellen. Wat doe jij voor de kost?'

'Je begroet in mij een begenadigd wiskundige.'

Anton schoot in de lach.

'Voor een wiskundige ziet je bureau er vrij ongeorganiseerd uit.'

'Die rommel is er door de oorlog op gekomen. Ik leef van de Stichting Veertig-Vijfenveertig. Die is gesticht door de heer A. Hitler, die heeft mij van de wiskunde verlost. Zonder hem stond ik nog steeds elke dag voor de klas.' Van de vensterbank pakte hij een fles whisky en schonk Anton in. 'Op het mededogen met de meedogenlozen,' zei hij en stootte aan.

'Cheers.'

Anton had niet het gevoel, dat de lauwe whisky hem goed zou bekomen, maar niet er van drinken was uitgesloten. Takes was cynischer dan gisteren. Misschien kwam het door het bericht in de krant, of van de drank, of misschien had hij het zich zo voorgenomen. Een stoel bood hij niet aan, en om een of andere reden vond Anton dat sympathiek. Waarom moest een mens altijd gaan zitten? Clemenceau had zich zelfs rechtstandig laten *begraven*. Met het glas in de hand stonden zij in de kleine ruimte tegenover elkaar, als op een cocktailparty.

'Ik ben trouwens ook in de medische branche werkzaam geweest,' zei Takes.

'Ach? We zijn collega's?'

'Zo zou je het kunnen noemen.'

'Vertel maar,' zei Anton, die voelde dat er iets afgrijselijks ging komen.

'Dat was in een bepaald anatomisch instituut,—ergens in Nederland, zal ik maar zeggen. De directeur had het ons ter beschikking gesteld in dienst van de goede zaak. Daar werden processen gevoerd, doodvonnissen geveld en zo. Voltrokken ook wel.'

'Dat is weinig bekend.'

'Dat moet ook niet. Je weet nooit wanneer het weer nodig is. Het was meer een interne zaak, verraders in eigen kring, infiltranten en dat soort kwesties. Die kregen beneden in de kelder een injectie met fenol, recht in hun hart, met een lange naald. Daarna werden ze door andere helden in het wit op een granieten aanrecht aan mootjes gesneden. Er stond daar ook een groot bassin met formaline, dat al voldreef met oren en handen en neuzen en lullen en ingewanden. De geëxecuteerden waren dan moeilijk weer in elkaar te zetten. Allemaal voor het onderwijs, begrijp je wel?' Uitdagend keek hij Anton aan. 'Ja, ik deug voor geen halve cent.'

'Als het voor de goede zaak is...' zei Anton.

'De moffen waren bang voor dat instituut, die kwamen daar liever niet... Voor hun spookte het daar.'

'Maar voor jou niet.'

'Je had daar beneden ook een rij hoge kasten met schuifladen, een stuk of vijf laden per kast en in elke la een lijk. Daar heb ik nog eens een nacht in gelegen, toen ik even onzichtbaar moest zijn.'

'En? Lekker geslapen?'

'Als een roos.'

'Mag ik iets vragen, Takes?'

'Zeg het maar, jongen,' zei Takes met een zoetsappig lachje.

'Wat wil je hier toch mee? Moet ik soms ontgroend worden of zo? Dat is niet echt nodig, hoor. Ik heb ook mijn portie gehad, en er is niemand die dat beter weet dan jij.'

Takes keek hem aan, en bleef hem aankijken terwijl hij een slok nam.

'Ik wil, dat jij ook weet met wie je te maken hebt.' Hij bleef hem nog even aankijken en pakte vervolgens de fles. 'Kom. Laat de deur maar open voor de telefoon.'

Achter Takes ging hij de trap af naar het souterrain, waar ook een gang was. Met een sleutel opende Takes een deur, die toegang gaf tot een lage ruimte, waarvan Anton de aard niet op het eerste gezicht begreep. Het was er benauwd. Door bovenramen scheen zwak licht, dat Takes aanvulde met het koude schijnsel van een reeks neonbuizen, waarvan één machteloos bleef sputteren met paarsige ontladingen in de uiteinden. Gehavende witte tegels tegen de muren duidden er op, dat hier ooit de keuken van het herenhuis was geweest; langs het lage plafond liepen dikke verwarmingsbuizen en allerlei andere leidingen. In het midden stond een houten tafel, ook weer met een volle asbak er op, tegen de lange muur een versleten roodpluchen bank; verder alleen nog een ouderwetse linnenkast met een spiegel in de deur, en een afgedankte fiets. Het geheel had iets van een bunker, een ondergronds hoofdkwartier – vooral ook door de vergeelde, hier en daar ingescheurde kaart, die met plakband aan de muur tegenover de bank was bevestigd. Met zijn glas in zijn hand wandelde Anton er heen. 'Kompas van Duitschland' stond in de rechter benedenhoek. Zij was overdekt met rood- en blauwgekleurde vloedgolven, offensieven, die uit Rusland en Frankrijk kwamen opzetten, richting Berlijn, waar zij elkaar ontmoetten. Ongekleurd waren uitsluitend delen van Noord- en Midden-Duitsland en West-Nederland. Zijn ogen bleven hangen bij iets op de zee. Op het verbleekte blauw stond de vage, lichtrode afdruk van een mond: een kus, met gestifte lippen er op gedrukt. Hij draaide zich om. Met over elkaar geslagen benen zat Takes op de bank naar hem te kijken.

'Zo is dat,' zei hij.

Was dat waarom die kaart hier hing? Niet uit giftig heimwee naar de oorlog, maar omdat de afbeelding van haar mond er op stond? Was het souterrain een gedenkplaats? Maar misschien bestond er voor hem geen verschil tussen de oorlog en haar. Misschien was de oorlog zijn geliefde geworden en was het daarom dat hij haar niet ontrouw mocht zijn. Ook als hij over haar gruwelen sprak, had hij het misschien eigenlijk over Truus Coster en de tijd dat hij gelukkig was.

Onwillekeurig zijn hoofd buigend, ofschoon hij nog juist rechtop kon staan, liep Anton naar de bank. Hij ging naast Takes zitten en keek weer naar de mond, die uit de Noordzee verrees. Het leek of de rest van haar gezicht onder water was. (Al toen hij een jongen van elf of twaalf was had hij gefantaseerd, dat hij in Haarlem de mensen zou zien lopen als hij de kaart van Nederland onder een microscoop legde —en deed hij het in de tuin, hij zou zichzelf zien, gebogen over een microscoop...) *The fair Ophelia*. Daar hadden haar lippen het papier aangeraakt. Misschien terwijl zij de kaart bijwerkten, met gegevens van Radio Londen, terwijl zij spraken over wat zij na de bevrijding zouden doen... Naast zich hoorde hij Takes' bronchiën te keer gaan. Met een sigaret tussen zijn lippen schonk hij zichzelf weer in en bleef zwijgen. Nooit eerder had Anton zich zo verbonden gevoeld met een andere man, en misschien gold dat ook voor Takes. Van buiten kwam zacht de deun van een carillon. Hij keek naar de fiets. Een mannenfiets met een stang, en met een zadel dat je tegenwoordig niet meer zag: een 'Terryzadel' heette dat vroeger...

Toen zag hij de foto.

Hij had het formaat van een ansichtkaart en was met de onderkant achter een elektriciteitskabel gestoken, niet ver van de landkaart. Zijn hart begon te bonken. Roerloos staarde hij naar het gezicht, dat hem na eenentwintig jaar uit de verte aankeek. Na een paar seconden sloeg hij even een blik op Takes, —hij tuurde naar de rook die hij uitblies,—stond op en liep er heen.

Saskia. Het was Saskia, die hem aankeek. Natuurlijk was het niet Saskia, zij leek zelfs niet op haar, maar de blik in de ogen was die van Saskia, zoals hij die voor het eerst in Westminster Abbey had gezien. Een onopvallend, vriendelijk meisje van een jaar of drieëntwintig. De glimlach trok haar mond een beetje naar de rechterkant van haar gezicht, wat haar iets werelds' gaf; dat contrasteerde met haar stijve, hooggesloten jurk, van voren met een werkje er in, de aanzet van een pofmouw. Zij had dik, golvend haar tot op haar schouders, donkerblond vermoedelijk, maar dat was niet te zien op de zwartwitfoto. Aan de rand was hij overbelicht, zodat tegen de donkere achtergrond weerbarstige lichtflinters krulden en opsprongen rondom haar hoofd.

Takes was naast hem komen staan.

'Is het d'r?'

'Ze moet het zijn, ze moet het zijn...' zei Anton, zonder zijn ogen van de foto af te wenden.

Eindelijk was zij uit de duisternis naar voren gekomen – met de blik van Saskia. Hij herinnerde zich zijn overwegingen van de vorige avond, maar hij was te opgewonden om al te beseffen, wat die gelijkenis inhield. Takes gaf hem trouwens de kans niet. Alsof hij zich tot nu toe uit alle macht beheerst had, greep hij plotseling Antons schouders en schudde hem door elkaar als een onderwijzer een slaperig kind.

'Vertel op! Wat zei ze nog?'

'Ik weet het niet meer.'

'Heeft ze over mij gesproken?'

'Ik weet het niet meer, Takes!'

'Probeer het je te herinneren, verdomme!' Hij riep het hard en kreeg meteen een hoestaanval, die hem in een hoek dreef waar hij voorover, bijkans kotsend, met zijn handen op zijn knieën bleef staan. Toen hij zich hijgend oprichtte, zei Anton:

'Het is weg, Takes. Ik wou dat ik het je zeggen kon, maar het enige dat ik me kan herinneren, is dat ze mijn gezicht heeft aangeraakt. Daar zat naderhand bloed op, daardoor weet ik dat ze gewond was. Ik was twaalf, begrijp dat toch. Ik weet niet eens meer, hoe de stem van mijn eigen vader klonk. Ons huis was net in brand gestoken, mijn ouders en mijn broer waren verdwenen, ik had een shock, ik had honger, ik zat in een donkere cel onder een politiebureau—'

'Een politiebureau?' zei Takes en keek hem met open mond aan. 'Welk politiebureau?'

'In Heemstede.'

Takes maakte een wanhopige zwaai met zijn armen.

'Daar zat ze dus… Jezus, daar hadden we haar uit kunnen halen. Ik dacht in Haarlem, in de gevangenis…'

Anton zag, dat er op hetzelfde ogenblik alsnog een plan in zijn hoofd ontstond om het politiebureau van Heemstede te overvallen. Hij wendde zijn ogen af en liep getergd heen en weer. Het was voorgoed weg, verdwenen, de wereld uit. Hij wist dat op het moment experimenten met LSD aan de gang waren op de universiteit. Natuurlijk lag het nog ergens opge-

slagen in zijn hersens, hij wist dat serieuze proefper-
sonen welkom waren, en misschien zou het dan te
voorschijn komen. Als hij Takes dat vertelde, zou hij
gek genoeg zijn om van hem te eisen, dat hij zich dan
daaraan moest onderwerpen; maar dat wilde hij
niet. Hij voelde er niets voor, het verleden chemisch
op te graven. Bovendien liep hij de kans dat het helemaal niet te voorschijn kwam, maar iets anders, iets
onverwachts, dat hij niet zou kunnen beheersen.

'Ik weet alleen nog,' zei hij, 'dat ze een lang verhaal hield, ergens over.'

'Waarover?'

'Dat weet ik niet meer.'

'Jezus Christus!' riep Takes, dronk zijn glas leeg
en keilde het als een kroegbaas in een western over
de tafel. 'Dat ben ik vergeten, dat ben ik vergeten...'

Anton bleef staan.

'Het liefst,' zei hij, 'zou je mij in een stoel vast-
binden, een lamp in mijn gezicht zetten en het zo uit
mij proberen te krijgen, is het niet?'

Takes keek even naar de grond.

'O.K.,' zei hij toen met een gebaar, 'O.K....'

Anton hoefde niet meer naar de foto te kijken om
te zien, hoe Truus Coster er uitzag: haar gezicht had
zich al onuitwisbaar in zijn geheugen geplant.

'Waren jullie getrouwd?' vroeg hij.

Takes schonk zichzelf in en kwam met de fles naar
Anton.

'Ik was getrouwd, ja, maar niet met haar. Ik had
een vrouw en twee kinderen, – van jouw leeftijd, iets
jonger misschien. Maar van haar hield ik, alleen zij

niet van mij. Ik had mijn gezin meteen in de steek
gelaten voor haar, maar daar lachte ze om. Als ik zei
dat ik van haar hield, vond ze me een aansteller. Dat
dacht ik maar, omdat we zo veel meegemaakt hadden samen. Enfin, gescheiden ben ik nu toch.'

Hij begon te ijsberen. Het kruis van zijn broek
hing te laag, aan de achterkant van zijn broekspijpen
hingen rafels,—en Anton dacht: dat is wat er over is
van het verzet, een slonzige, ongelukkige, half dron-
ken man in een souterrain, waar hij misschien alleen
uit kwam om zijn vrienden te begraven, terwijl de
oorlogsmisdadigers werden vrijgelaten en de gebeurtenissen zich niets meer van hem aantrokken...

'Een lang verhaal...' zei Takes. 'Ja, daar was ze
sterk in, in lange verhalen. Dat gelul! Eindeloos hebben we zitten ouwehoeren, en altijd ging het over de
moraal. Soms ook over hoe het na de oorlog zou zijn,
maar dan zei ze meestal niet veel. Ze zei een keer,
dat ze in een groot zwart gat keek als ze aan na de
oorlog dacht. Als het maar over de moraal ging, dan
zat ze op haar praatstoel. Op een keer vroeg ik haar:
—Als een S S'er je voor de keuze stelt wie hij dood zal
schieten, je vader of je moeder, met als bijzondere
bepaling, dat hij ze alle twee doodschiet als je niets
zegt,—wat doe je dan? Ik had van zo'n geval gehoord,' zei hij en gooide zijn peuk in de asbak. 'Zij
vroeg wat *ik* zou doen. Ik zei dat ik de knopen van
zijn uniformjas zou aftellen: vader, moeder, vader,
moeder... Tegenover de onmenselijkheid kun je alleen de stompzinnigheid stellen. Maar zij zou niets
zeggen. Iemand die zo'n voorstel deed, hield zich

volgens haar niet aan zijn woord. Misschien schoot hij ze dus *niet* dood. Maar als je bij voorbeeld had gezegd: "Mijn vader", dan zou hij misschien *wel* je vader doodschieten en dan zeggen, dat je dat toch wou. En volgens haar was dat dan ook zo, in zekere zin. Dat wa[,] heel goed van haar. Dat was prima, prima. Nachtenlang hebben we zitten praten over ons werk. Moet je je voorstellen hoe we daar zaten – allebei ter dood veroordeeld…'

'Waren jullie ter dood veroordeeld?' vroeg Anton. Takes moest lachen.

'Natuurlijk. Jij niet dan? Op een keer,' ging hij verder, 'moest ze midden in de nacht nog naar huis, ver na spertijd. Toen is ze verdwaald in het donker en heeft tot zonsopgang ergens op straat gezeten.'

Anton boog zijn hoofd iets achterover, alsof hij in de verte een geluid hoorde dat hij herkende, een flauw signaal, dat meteen wegstierf.

'Tot zonsopgang ergens op straat? Het is net of ik zoiets wel eens gedroomd heb…'

'Ze was totaal de kluts kwijt. Dat moet jij toch ook nog weten, hoe donker het toen kon zijn?'

'Ja,' zei Anton. 'Ik wou toen nog een tijdlang sterrenkundige worden.'

Takes knikte, maar hij scheen nauwelijks te horen wat Anton zei.

'Ze dacht na over de dingen. Ze was tien jaar jonger dan ik, maar ze dacht veel meer over alles na dan ik. Bij haar vergeleken was ik een boerenkaffer, een soort mathematische idioot. Op een dag stelde ik voor, de kinderen van Seyss-Inquart te kidnappen en in te ruilen voor een paar honderd van onze eigen mensen. Hoe of ik het in mijn hoofd haalde! Wat die kinderen er mee te maken hadden? Ja, wat hadden die kinderen er mee te maken? Geen bal natuurlijk. Net zo weinig als die jodenkinderen, die aan de lopende band afgemaakt werden. Helemaal niks dus. Maar daarom juist. Je moest de vijand treffen waar hij het kwetsbaarst is. Als dat zijn kinderen zijn, – en het zijn natuurlijk zijn kinderen, – dan moet je hem in zijn kinderen treffen. Wat er dan wel met die kinderen zou gebeuren als de handel niet doorging? Ja, dan gingen die kinderen er dus aan. Pijnloos – in het anatomisch instituut...' Uit zijn ooghoeken wierp hij een korte blik op Anton en zei: 'Ja, sorry hoor, ik deug voor geen halve cent.'

'Dat zeg je nu al voor de tweede keer.'

'Ach, is het werkelijk?' zei Takes met opzettelijk slecht gespeelde verbazing. 'Nee toch! Goed, laten we het er dan maar op houden, dat de halve cent uit de roulatie is genomen, vind je ook niet? Het ging dus niet door. Fascist tegenover de fascisten, is mijn devies, want een andere taal verstaan ze niet. Dat zou ik graag als wapenspreuk hebben, maar dan in het latijn. Dat weet jij vast wel, als alfa, hoe dat moet.'

'Fascist tegenover de fascisten...' herhaalde Anton. 'Dat kan niet in het latijn. *Fasces* betekent "bijlbundel". "Bijlbundel tegenover de bijlbundels" – dat is niks.'

'Daar heb je het al,' zei Takes. 'Truus zag er ook niks in. Volgens haar moest ik oppassen, dat ik niet in ze veranderde, want dan zouden ze mij op *die* manier overwinnen. Ja, ze was een filosoof, Steenwijk, maar dan wel een filosoof met een pistool.'

Op het moment dat hij dat zei, liep hij langs de linnenkast. Hij bukte zich, trok een la open, legde een groot pistool op tafel en liep verder, alsof er niets was gebeurd.

Geschrokken keek Anton naar het grauwzwarte instrument, dat daar plotseling lag. Het straalde zo'n dreiging uit, dat het leek of het de tafel zou verschroeien. Hij keek op.

'Is dat haar pistool?'

'Dat is haar pistool.'

Roerloos lag het ding op het blad, als een relict uit een andere cultuur, bij opgravingen aan het daglicht gekomen.

'Heeft ze daarmee op Ploeg geschoten?'

'En raak ook!' zei Takes, terwijl hij bleef staan en zijn wijsvinger op Anton richtte. Hij keek een tijdje naar het pistool, en Anton zag dat hij geleidelijk iets anders begon te zien. 'Ik was heel stom bezig die avond,' zei hij half in zichzelf. 'Zo goed en zo kwaad als het ging reden we hand in hand naast elkaar daar op die kade van jou, heel langzaam, als een verliefd stelletje. Dat wil zeggen... wat mij betreft was dat ook zo. We lieten ons inhalen door hem, waarbij hij ons even aankeek. "Ook goejemorgen!" riep Truus toen nog uitgelaten, en hij lachte zo'n beetje terug. Even later ging ik als eerste. Ik had me voorgenomen om hem meteen af te maken, maar het was glad, ik moest met één hand mijn stuur loslaten om mijn pistool uit mijn zak te halen, en toen begon ik een beetje te slippen. Ik schoot in zijn rug en even later in zijn schouder en zijn buik, maar ik zag dadelijk dat het waardeloos was. Terwijl hij op de grond viel, wilde ik het nog een keer proberen, maar mijn pistool ketste. Ik reed snel door om plaats te maken voor Truus. Toen ik omkeek, zag ik haar met de punt van haar schoen op het trottoir steunen en zorgvuldig tussen zijn schouderbladen richten; hij lag helemaal opgerold, zijn hoofd verborgen in zijn armen. Ze schoot twee keer, stopte het pistool in haar zak en fietste vlug verder. Ze was er kennelijk van overtuigd dat hij dood was, maar ik zag dat hij zich half oprichtte. Ik gaf een schreeuw, dat zij op moest passen, zij begon te spurten en toen schoot hij, – en door stom toeval raakte hij haar ook nog. Ergens onder in haar rug.'

Het was of het pistool op tafel een gewicht was, dat Anton meetrok naar de diepte van het verleden. Zo volledig als hij was vergeten, wat zich later in de cel had afgespeeld, zo duidelijk herinnerde hij zich die laatste avond thuis. De schoten, en dan de verlaten kade met het lichaam van Ploeg. Natuurlijk had hij altijd geweten, dat daar even tevoren ook andere mensen geweest moesten zijn, maar in zekere zin alleen op logische gronden; pas nu werd het werkelijkheid. De schreeuw, die hij had gehoord, was dus niet van Ploeg geweest maar van Takes. Hij had gezworen, dat het een schreeuw in doodsnood was.

De asbak naast het pistool begon een beetje te smeulen.

'En toen?' vroeg hij.

'En toen – en toen – en toen…' zei Takes, terwijl hij een vreemdsoortige danspas maakte. 'En toen kwam er een olifant met een grote snuit, en die blies het verhaaltje uit. Ze kon niet verder. Ik heb nog geprobeerd haar op mijn bagagedrager te hijsen, en toen om ons ergens in de struiken te verbergen. Maar toen de moffen kwamen, begon een vrouw uit een raam te schreeuwen, dat wij daar zaten. Ze gaf me haar pistool en een zoen en dat was dat. Nog een beetje schieten en wegwezen. Later heb ik nog geprobeerd, dat wijf op eigen houtje te grazen te nemen, eer de oorlog afgelopen was, maar dat is me niet gelukt. Die loopt ook nog steeds ergens rond, als een lieve oma.' Hij nam het pistool van tafel en woog het in zijn hand als een antiquair een kostbaar juweel. 'Hiermee had ik haar graag eens aangesproken… "Goedenavond, mevrouw, hoe maakt u het? Thuis alles goed? Met de kinderen ook?"' Hij legde zijn vinger om de trekker en bekeek het wapen van alle kanten. 'Je kunt er nog steeds mee schieten, weet je dat? Na de oorlog had ik het moeten inleveren van je schoonvader en zijn vrienden. Ik ben strafbaar tegenwoordig. Je mocht het alleen houden bij wijze van souvenir, dan moest je de loop dicht laten gieten; maar daar heb ik van afgezien. Je weet maar nooit of er niet toch nog eens een schot mee gelost moet worden,' zei hij en keek Anton aan, – 'voor het laatst.' Hij legde het neer en stak luisterend zijn vinger op. 'Hoor je? Het huilt een beetje. Geen moeder heeft haar baby ooit zo vertroeteld als Truus dat ding daar…' Het leek er even op dat hij tranen in zijn ogen zou krijgen, maar dat gebeurde niet. 'Weet je,' zei hij plotseling zonder overgang, 'ik heb eens een film gezien over een man, wiens dochtertje door een vent verkracht en vermoord was. Die vent krijgt achttien jaar en die man zweert, dat hij hem zal vermoorden op de dag dat hij vrijkomt. Na een jaar of acht komt hij vrij: strafvermindering, goed gedrag, gratie, nietwaar? Met een revolver in zijn zak wacht die man hem op bij de poort, en je ziet ze de hele dag samen optrekken en praten. Ten slotte schiet hij hem niet dood, want hij begrijpt dat die ander ook maar een armzalige stumper is en een slachtoffer van de omstandigheden.' Boven rinkelde de telefoon, en terwijl hij langzaam naar de deur ging, maakte Takes zijn verhaal af: 'Laatste shot: die man blijft staan en je ziet die andere vent over een bospad weglopen met zijn koffer. Dan verschijnt er op zijn rug een wit puntje, dat naar voren komt en de woorden *THE END* vormt. En op dat moment wist ik plotseling één ding heel zeker. Namelijk, dat die man op dat moment, ondanks al zijn begrip, zijn revolver te voorschijn had moeten halen en die ander in zijn rug schieten. Want zijn dochter was niet vermoord door de omstandigheden, maar door die vent daar. En als je dat niet doet, dan beweer je eigenlijk dat álle mensen die onder rottige omstandigheden hebben moeten leven, potentiële verkrachters en moordenaars zijn. Ik kom zo.'

Stilte daalde in het souterrain; maar het geweld dat Takes had opgeroepen, bleef hangen als een onhoorbare echo. Het zachte geknetter van de kapotte neonbuis. Met zijn rug naar het pistool ging Anton op de rand van de tafel zitten en keek naar de lippen op de Noordzee. Hij zou zijn mond er op willen drukken, maar dat durfde hij niet. De foto. Glimlachend keek het gezicht terug. Waar hij ook was, steeds keek zij hem aan, zonder haar ogen te bewegen; honderden mensen tegelijk kon zij aankijken, altijd zou zij iedereen zo aankijken als op het moment van de foto, en nooit ouder worden, en zelf niets zien. Zo, met Saskia's oogopslag, had zij toen in de duisternis naar hem gekeken, aan hem voorbij, door hem heen, gewond, zojuist een moordenaar neergeschoten, en aan de vooravond van wie weet wat voor tortuur en haar executie in het duinzand. Hij legde zijn handen tegen zijn gezicht, waar zij hem had aangeraakt, en sloot zijn ogen. De wereld is de hel, dacht hij, de hel. Zelfs als morgen de hemel op aarde werd gevestigd, dan nog zou het, door alles wat er gebeurd was in het verleden, niet de hemel kunnen zijn. Het kon nooit meer goedkomen. Het leven in het heelal was een mislukking, een grote flop, en het zou beter geweest zijn als het niet ontstaan was. Pas als het niet meer bestond, en daarmee ook geen herinnering meer aan al die doodskreten, zou de wereld weer in orde zijn.

Hij rook opeens een afschuwelijke stank en deed zijn ogen open. Uit de asbak steeg een blauwe zuil rook recht omhoog. Hij gooide zijn restje whisky op de gloeiende massa, maar dat maakte de stank alleen erger. In de hoek zag hij boven een lage, vierkante spoelbak een keukenkraan, maar toen hij de asbak wilde optillen, brandde hij zijn vingers. Met het glas ging hij naar de kraan en liet eerst wat water over zijn vingers stromen; toen hij even later het glas leeggoot in de asbak, ontstond een smerige, zwarte brij. De rook golfde tegen de lage zoldering. Nadat hij vergeefs had geprobeerd, beweging te krijgen in de klapramen, ging hij het souterrain uit. Op de gang dacht hij aan het pistool op tafel. Toen de sleutel nog in het slot bleek te zitten, sloot hij af en ging de trap op.

Takes stond naar buiten te kijken in zijn kamer. De hoorn lag op de haak. Buiten klonk gejoel en het geluid van sirenes.

'Hier is de sleutel,' zei Anton. 'Het stinkt beneden, de asbak is gaan smeulen.'

Takes draaide zich niet om.

'Herinner je je die man,' vroeg hij, 'die gisteren naast mij zat in dat café?'

'Jazeker,' zei Anton. 'Dat was ik.'

'Die man aan de andere kant, met wie ik zat te praten.'

'Vaag.'

'Die heeft dus nu zelfmoord gepleegd.'

Anton voelde, dat hij niet veel meer kon verdragen.

'Waarom?' fluisterde hij, ofschoon het niet zijn bedoeling was om te fluisteren.

'Hij heeft woord gehouden,' zei Takes, maar nauwelijks nog tot hem. 'Toen Lages in tweeënvijftig gratie kreeg, zei hij: "En nu laten ze hem ook vrij, maar dan maak ik me van kant". En wij maar lachen

–dat hij dan wel zo oud als Methusalem kon worden...'

Anton bleef nog even naar zijn rug kijken. Toen
draaide hij zich om en ging de kamer uit. De oude
man in het pyjamajasje was verdwenen. Achter een
deur, op de radio, zong een smeltende stem:

Red roses for a blue lady...

Laatste episode

1981

I

En toen... en toen... en toen... De tijd verstrijkt.
'Dat hebben we ten minste achter de rug,' zeggen
wij, – 'maar wat hebben we niet allemaal nog voor
de boeg?' Volgens ons taalgebruik staan wij met ons
gezicht naar de toekomst, het verleden in onze rug,
en zo ervaren de meesten het ook. De toekomst ligt
vóór hen, het verleden achter hen. Voor dynamische
persoonlijkheden is het heden dan een schip, dat op
ruwe zee met zijn boeg de golven van de toekomst
doorklieft; voor passievere mensen eerder een vlot,
dat op een rivier rustig meedrijft met de stroom. Met
beide voorstellingen is natuurlijk iets vreemds aan
de hand, want als de tijd beweging is, dan moet zij
zich in een tweede tijd bewegen, en zo ontstaat een
oneindig aantal tijden, – een tafereel van een soort,
dat denkers pleegt te mishagen; maar de voorstellingen van het gevoel trekken zich nu eenmaal niet veel
aan van het verstand. Wie zijn toekomst vóór zich
heeft en zijn verleden achter zich, die doet trouwens
op nog een andere manier iets onbegrijpelijks. Het
houdt in, dat voor hem de gebeurtenissen op een of
andere manier al aanwezig zijn in de toekomst, op
zeker ogenblik het heden bereiken, om ten slotte tot
rust te komen in het verleden. Maar er is niets in de
toekomst, zij is leeg, het volgende moment kan men
sterven, zodat zo iemand dus met zijn gezicht naar
niets gekeerd staat, terwijl nu juist achter hem iets te

zien is: het verleden, zoals bewaard in het geheugen.

Als daarom de grieken over de toekómst spreken, zeggen zij: 'Wat hebben wij niet allemaal nog achter ons?' — en in die zin was Anton Steenwijk een griek. Ook hij stond met zijn rug naar de toekomst en met zijn gezicht naar het verleden. Als hij nadacht over de tijd, zoals hij soms deed, zag hij de gebeurtenissen niet uit de toekomst komen en via het heden naar het verleden gaan, maar uit het verleden ontwikkelden zij zich in het heden, op weg naar een ongewisse toekomst. Daarbij moest hij iedere keer denken aan een bepaalde proef, die hij bij zijn oom op zolder had gedaan: kunstmatig leven! In een oplossing van waterglas (dat slijmerige vocht, waarin zijn moeder aan het begin van de oorlog eieren had geconserveerd) liet hij een paar kristallen kopersulfaat vallen, — die kristallen van onvergetelijk blauw, dat hij veel later in Padua terugzag, in fresco's van Giotto, — waarop zij wormachtig begonnen uit te stulpen, osmotisch groeiden, wederom uitpuilden en daar op zijn zolderkamer in steeds langere blauwe takken door de levenloze bleekheid van het waterglas trokken.

In Padua was hij op huwelijksreis met zijn tweede vrouw, Liesbeth. Dat was in 1968, een jaar na zijn scheiding van Saskia. Liesbeth studeerde kunstgeschiedenis en werkte *part time* bij de administratie van het hypermoderne ziekenhuis, waar hij was gaan werken, — waar niets deugde, behalve dat hij er meer verdiende. Haar vader was kort voor de oorlog getrouwd en als jong bestuursambtenaar naar Nederlandsch-Indië vertrokken, waar hij terstond door de

japanners in een kamp werd gestopt; ook aan de Bir-
maspoorweg had hij gewerkt, maar even min als
Anton sprak hij over zijn oorlogservaringen. Liesbeth was kort na hun repatriëring geboren en had
niets meer te maken met dat alles. Zij had blauwe
ogen maar donkerblond, bijna zwart haar; ofschoon
zij nooit in Indonesië was geweest en er ook geen
indonesisch bloed in haar familie zat, hing er toch
iets oosters over haar gezicht en de manier waarop
zij zich bewoog. Anton vroeg zich wel eens af, of er
misschien toch een kern van waarheid zat in Lysen-
ko's bewering, dat ook verworven eigenschappen er-
felijk kunnen zijn.

Een jaar na hun huwelijk werd hun zoon geboren,
die zij Peter noemden. Omdat Saskia en Sandra in
het oude huis bleven wonen, kocht hij een huis in
Amsterdam Zuid, waar een tuin bij was. Als hij zijn
zoon in zijn armen nam, realiseerde hij zich soms dat
het kind veel verder van de tweede wereldoorlog
verwijderd was dan hij zelf van de eerste — en wat betekende de eerste wereldoorlog voor hem? Minder
dan de peloponesische oorlog. Hij besefte, dat dat
ook voor Sandra gold, maar dat was vroeger nooit in
hem opgekomen.

De vakanties bracht hij van toen af door in Toscane, in een ruim oud huis aan de rand van een dorp
in de buurt van Siena, dat hij voor weinig geld had
gekocht en door de plaatselijke aannemer liet ver-
bouwen. De achterkant werd gevormd door de uit-
gehakte heuvel, en op één plaats was de rots zichtbaar gebleven: in een schuine, geaderde, bruingele

strook onderbrak het gesteente het pleisterwerk; daar legde hij graag zijn handen op, met het gevoel dat hij dan de hele aarde vasthield in zijn kamer. Ook met de kerstdagen gingen zij er heen in hun grote stationcar, en van toen af leefde hij eigenlijk van vakantie tot vakantie. Als hij op zijn terras zat, in de schaduw van de olijfboom, keek hij uit over de groene heuvels met de wijngaarden, de cypressen, de oleanders en hier en daar een vierkante toren met kantelen, – dat wonderlandschap, dat niet alleen was wat het was, maar zich het ene ogenblik gedroeg als een panorama van de renaissance en het volgende als het decor van de romeinse oudheid, en in alle gevallen ver, ver verwijderd was van Haarlem, oorlogswinter 1945. Nauwelijks veertig jaar oud begon hij te spelen met de gedachte, zich hier permanent te vestigen als Peter het huis uit was.

En op een dag bezat hij vier huizen. Omdat hij voorlopig toch ook in de weekends ergens heen moest, kocht hij nog een kleine boerderij in Gelderland, waar De Graaff zijn aandacht op had gevestigd. Ook Saskia en Sandra mochten daar natuurlijk gebruik van maken, net als van het huis in Toscane, als het zo uitkwam met de vakanties. Saskia was hertrouwd met een hoboïst, iets jonger dan zij, internationaal bekend en altijd in een goed humeur, die ook een kind meebracht en op den duur zijn eigen huizen wel zou verzamelen. (Mevrouw De Graaff was niet erg te spreken geweest over dat huwelijk; maar Saskia had zich altijd al onderscheiden van haar vriendinnen, – meisjes met geplisseerde rokken, plat-

te schoenen, zijden sjaaltjes om hun nek en parelket-
tingen,–die voornamelijk standsbewustzijn hadden
en weinig meer.) Een enkele keer gingen zij met hun
vieren op vakantie in Italië, plus de drie kinderen.
Bleek daar iets van de bepaalde verstandhouding,
die nog steeds tussen Anton en Saskia bestond, dan
werd Liesbeth soms een beetje nijdig, maar Saskia's
man lachte er om: hij begreep heel goed, dat ook die
verstandhouding aan hun scheiding had bijgedra-
gen. Liesbeth, de jongste van de vier, begreep niet
zo heel erg veel, en tegelijk was zij op een of andere
manier de meerdere van iedereen. Bij tijden werd zij
'Mama' genoemd, wat Anton plezier deed.

De migraine leek wat af te nemen naar mate hij
ouder werd, maar rond zijn veertigste kreeg hij het
gedurende een jaar op andere manieren wat moeilijk: hij voelde zich neerslachtig en moe, nachtmer-
ries verstoorden zijn slaap, en vlak na het ontwaken
werd hij bezocht door zorgen en angstige voorgevoe-
lens–dat het allemaal niet deugde, de vier huizen,
en Sandra die hij in de steek had gelaten, en alles en
alles. Als een losgelaten herfstblad dwarrelde onafgebroken een flard radeloosheid in hem rond, zoals
hij die tot nu toe alleen gekend had als een patiënt
onder zijn handen stierf: plotseling veranderde een
mens in afval. Hij richtte zich op, iedereen richtte
zich zwijgend op, de apparaten werden stopgezet,
met zijn ene hand haalde hij het lapje voor zijn mond
vandaan, met zijn andere trok hij zijn muts af en liep
sloffend, zijn hoofd een beetje schuin, de operatie-
zaal uit. Toen, op een hete dag in Italië, kwam hij

opeens terecht in een crisis, die niet alleen het hoog-
tepunt maar meteen het einde van die zorgelijke
maanden bleek te zijn.

Omdat de slager in het dorp nooit iets anders in
voorraad had dan kalfsvlees, was Liesbeth 's morgens met Peter naar Siena gegaan. Meestal deed hij
zelf de boodschappen in de stad, al was het maar om
wat rond te hangen op de terrasjes van Il Campo, –
die onvergelijkelijke schelp van eeuwen her, die aan-
toonde dat ook in de bouwkunst geen vooruitgang
bestaat; maar die ochtend voelde hij zich niet goed
en bleef liever thuis. Hij had wat zitten lezen, en
plotseling keek hij op van de stilte. Zijn oog viel op
de witte tafelaansteker in de vorm van een dobbelsteen, die hij eens van Liesbeths ouders had gekregen. Rusteloos begon hij door de onregelmatige, wit-
gekalkte kamers te dwalen, ging de gedraaide trap
met de ongelijke treden op en af, probeerde nu en
dan te gaan zitten maar dan werd het nog slechter,
zodat hij meteen opstond. Maar wat werd slechter?
Hij had nergens pijn, geen koorts, alles was in orde,
en tegelijk was niets in orde. Hij wilde dat Liesbeth
en Peter terugkwamen – zij moesten *onmiddellijk* terugkomen. Er was iets in hem aan de gang dat hij
niet begreep; gejaagd liep hij naar de rand van het
terras, maar in de diepte verdween de landweg leeg
achter de heuvel met de ingestorte molen. Hij ging
naar binnen, door de voordeur naar buiten en klom
de steile treden op naar de straat, die ter hoogte van
het dak was. Misschien wandelden zij eerst nog wat
rond, maar de auto stond niet op zijn plaats. Het

plein, zonder bomen en veel te groot voor het dorp, leek overgoten met kokend water. Er liepen alleen een oude man en een oude vrouw in het zwart; in de zwarte slagschaduw van de kerk zaten ook een paar oude mannen, maar de man en de vrouw liepen door de zon: twee verkoolde gestalten in het verblindende licht.

En nu, terwijl hij daar stond, verhief zich een grauwe berg, als een vloedgolf, en stortte over hem heen. Hij sprong de treden af, sloeg de voordeur achter zich dicht en keek bevend om zich heen. De roerloze, witgepleisterde muren schreeuwden hun witheid in zijn gezicht, de slinger van de trap, de ruwe houten balken, alles was veranderd in gevaar, dat iets in zijn hersens verwrikte; de rots brak door de kalk en brak door in zijn hoofd. Met allebei zijn handen tegen zijn borst ging hij naar het terras: de cypressen, overal op de heuvels de cypressen vlammen zwart vuur. Hij merkte dat zijn tanden klapperden, als van een klein kind dat uit zee komt, maar hij kon er niets aan doen. Het was iets met de *wereld*, niet met hem, de krekels snerpten, hijgend liep hij het huis weer in, het rood van de tegels. Boven de open haard zijn oude spiegel, die met de *putti*; de zwarte ogen van de dobbelsteen. Hij wist dat hij zich moest beheersen, niet hyperventileren, opdat het niet boven zijn hoofd zou groeien. Hij ging op een rechte stoel aan tafel zitten, zo'n iets te kleine italiaanse stoel met een gevlochten zitting, verborg zijn neus en zijn mond in zijn handen, sloot zijn ogen en probeerde zich te ontspannen.

Zo, roerloos maar trillend, als een beeld tijdens een aardbeving, vond Liesbeth hem wat later. Toen zij de blik in zijn ogen zag, vroeg zij niet of zij de dokter moest halen, maar zij deed het. Anton keek naar Peter en probeerde te lachen. Toen naar de volle boodschappentas, die Liesbeth op tafel had gezet. Bovenop lag een pakje: het papier sprong los, ontvouwde zich als een bloem en openbaarde de bloedige homp vlees.

De dokter kwam onmiddellijk, – en met veel vertoon van vanzelfsprekendheid, dat men zich over zulke dingen natuurlijk niet verbazen moest, gaf hij Anton een injectie, waarna hij vijftien uur sliep en de volgende ochtend verkwikt ontwaakte. Er lag ook een recept voor valium, in te nemen als het weer zo ver was, en dat verscheurde hij onmiddellijk. Niet zo zeer omdat hij zelf zijn recepten wel kon uitschrijven, maar omdat hij wist, dat hij de rest van zijn leven pillen zou slikken als hij daaraan begon. Nadien herhaalden de aanvallen zich nog een paar keer, maar steeds minder intensief en ten slotte bleven zij weg – alsof zij geïntimideerd waren door het verscheuren van het recept, waarmee hij had aangegeven, wie de baas was.

Alleen zijn huis en het uitzicht van zijn terras bleven niet verschoond. Na die middag hadden zij iets van hun volmaaktheid verloren, zoals een mooi gezicht ontsierd wordt door een litteken.

De tijd verstreek. Hij werd vroeg grijs maar niet kaal, zoals zijn vader. Terwijl om hem heen het uiterlijk van de mensen verproletariseerde, in dezelfde mate als het proletariaat verdween, bleef hij engelse jasjes dragen en geruite overhemden met een das. Geleidelijk kwam hij op een leeftijd, waarop hij oude mensen kende die hij nog gekend had toen zij zo oud waren als hij nu. Dat was een verbazende ontdekking, waardoor hij zowel oude als jonge mensen met andere ogen ging bekijken, en allereerst zichzelf. Op een dag werd hij ouder dan zijn vader ooit geworden was, en dat gaf hem een gevoel van overtreding, die hem op een uitbrander kon komen te staan:—*Quod licet Iovi, non licet bovi!* Terwijl hij vroeger nooit een spreekwoord zou hebben gebruikt,—zoals 'Gedane zaken nemen geen keer', of 'Het betere is de vijand van het goede', of 'Het bezit van de zaak is het eind van het vermaak',—bereikte hij nu de leeftijd waarop zulke gezegdes voor hem vaak precies uitdrukten, hoe het was. Hij kwam tot de ontdekking, dat het niet eenvoudig gênante clichés waren, maar dat zij de gebalde levenservaring van hele generaties uitdrukten,—doorgaans nogal mismoedige waarheden, dat wel. Zij behelsden niet de wijsheid van hemelbestormers, want die zijn niet wijs, maar tot hen had hij nooit behoord. Dat was voorkomen.

Na de dood van zijn tante liet hij haar portret inlijsten en zette het op zijn bureau naast dat van zijn oom: niet in een van zijn huizen, maar in zijn kamer in het ziekenhuis. In de tweede helft van de jaren zeventig stierf ook De Graaff. Bij zijn crematie waren veel minder mensen dan bij de vorige gelegenheid. Henk was er, met een grijsgeworden snor, en

Jaap, met een helemaal witgeworden kuif, maar de minister en de burgemeester waren dood, net als de dominee, de dichter en de uitgever. Ook Takes–die hij nooit meer had gezien–ontbrak; maar toen hij naar hem informeerde, wist iedereen te vertellen dat hij nog moest leven, al had niemand meer iets van hem gehoord de laatste jaren. Een paar weken later stierf ook zijn voormalige schoonmoeder. Toen hij, voor de tweede keer in dat crematorium, naast Sandra en Saskia en haar man de kist zag wegzakken naar de kelder met het vuur, verbaasde hij zich, dat haar glimmend zwarte stok met de zilveren knop niet op het deksel lag, als bij een generaal.

De oorlog, ofschoon met tussenpozen steeds weer modern door nieuwe boeken en televisieprogramma's, begon langzamerhand heel lang geleden te zijn geweest, als men zo zeggen mag. Ergens achter de horizon roestte de aanslag op Ploeg weg tot een obscuur incident, waar nauwelijks nog iemand anders van wist dan hijzelf,–een gruwelijk sprookje uit de oude tijd. Toen Sandra zestien was, gaf zij op een dag te kennen dat zij nu wel eens wilde zien, waar haar opa en oma en haar oom aan hun eind waren gekomen. Zowel Saskia als Liesbeth vonden dat een slecht plan, maar Anton had er geen moeite mee,– en op een zaterdagmiddag in mei nam hij haar mee naar Haarlem: over de vierbaansweg langs de eindeloze wijken met flatgebouwen, waar eens de turfstekerijen waren geweest, over viaducten van drie verdiepingen die ook de trekvaart hadden opgeslokt. Ruim een kwart eeuw was hij er niet geweest, zelfs

Saskia en Liesbeth had hij de plek nooit laten zien.

De plek. Hij schoot in de lach. Het gehavende gebit was opgevuld met een gouden tand. Waar eens zijn huis had gestaan, lag nu, te midden van een geschoren gazon, een lage witte bungalow in de stijl van de jaren zestig: met brede ramen, een plat dak en een aangebouwde garage. Bij het hek stond een bord: *TE KOOP*. Hij zag onmiddellijk, dat ook het huis van de Beumers was verbouwd; beneden was nu één grote ruimte en aan de zijkant een nieuw, breed dakraam. Ook in de tuin van het meest rechtse huis, dat van Aarts, stond nu een bord, de naam van een notaris er op. Geen van de drie oude huizen droeg de naam nog; het kostte hem moeite zich te herinneren, welk huis 'Welgelegen' had geheten en welk 'Rustenburg'. Alleen dat de andere buren, de Kortewegs, in 'Nooitgedacht' hadden gewoond, wist hij meteen. Ook aan weerszijden van de vier huizen waren bungalows neergezet, terwijl op de landjes er achter een nieuwe wijk was ontstaan, met straten en al. En aan de overkant van het water, waar de weilanden zich tot Amsterdam hadden uitgestrekt, lag plotseling een heel nieuw stadsdeel in de zon, met flatgebouwen, kantoren en brede, drukke wegen. Alleen vlak aan het water stonden nog een paar van de oude huisjes; verderop de molen.

Hij vertelde Sandra, hoe het er vroeger had uitgezien, maar hij zag dat zij het zich niet voor kon stellen, – zo min als hij haar ooit had kunnen bijbrengen, wat de hongerwinter had betekend. Terwijl hij aan de overkant van de straat met het visgraatmotief probeerde te beschrijven, hoe 'Buitenrust' er uit had gezien – waarbij hij het oude huis met het rieten dak en de erkers weer als een geest door het nieuwe heen zag staan – kwam een man in een spijkerbroek en met een bloot bovenlichaam uit de bungalow te voorschijn. Of hij misschien ergens mee kon helpen? Anton zei, dat hij zijn dochter liet zien waar hij vroeger gewoond had, waarop de man zei, dat zij gerust even binnen mochten kijken. Stommel heette hij. Sandra keek haar vader vragend aan: het was toch niet *dit* huis, waarin hij had gewoond; maar Anton spitste zijn lippen en sloot even zijn ogen, waaruit zij opmaakte, dat zij het maar zo moest laten. Hij had gezien, dat Stommel zijn mededeling vermoedelijk beschouwde als de smoes van een aspirantkoper. Toen zij overstaken, gleden zijn ogen even naar de plek bij de stoep, maar die kon hij nu niet meer precies lokaliseren.

Ook binnen was alles ruim en licht. Waar de gang was geweest, de salon, de eetkamer met de tafel onder de lamp, al dat nauwe en donkere, daar strekte zich nu een lichtblauw vloerkleed uit van de gebeitste woonkeuken aan de ene kant tot de witte piano aan de andere. In een hoek lagen twee jongens op hun buik voor de televisie en keken niet op. Terwijl hij ook de lichte slaapkamers in de uitbouw aan de achterkant toonde, vertelde Stommel dat hij het huis pas vijf jaar geleden had gekocht en het nu helaas wegens omstandigheden kwijt moest, maar dat hij bereid was zijn verlies te nemen. Zij deden ook een paar stappen in de tuin. De heg, waar hij zo vaak doorheen was gekropen, bestond niet meer; de buren in het voormalige 'Nooitgedacht', een tanige oudere heer en een witharige indische dame, zaten onder een parasol in de tuin. Het duurde even eer Anton besefte, dat dat het leuke jonge stel met de twee kleine kinderen was. Nadrukkelijk opgemaakt verscheen toen ook mevrouw Stommel en stelde zich voor als 'Mevrouw Stommel'. Veel te vriendelijk bood zij aan om iets te drinken te maken, maar Anton bedankte voor de rondleiding en nam afscheid. Voordat Stommel hem een hand gaf, veegde hij hem snel langs de zijkant van zijn broek, wat alleen het ergste vocht wegnam.

Met Sandra's arm door de zijne wandelde hij naar het monument aan het eind van de kade. Het jaagpad was vervangen door een houten beschoeiing. De rododendrons waren uitgegroeid tot een massieve wand, overdekt met zware trossen bloemen, waartussen de egyptische vrouw al begon te verweren. Ongelovig keek Sandra naar haar achternaam op de bronzen plaat, het was duidelijk dat zij nooit helemaal zou begrijpen, wat er aan de hand was geweest. Anton daarentegen keek naar de naam onder die van zijn moeder: 'J. Takes'. Hij herinnerde zich, dat Takes had gezegd dat zijn jongste broer tot de gijzelaars had behoord; maar hij had er nooit bij stilgestaan, dat diens naam hier dus ook vermeld moest zijn. Hij knikte, en Sandra vroeg wat er was. Hij zei dat er niets was.

Wat later, op het volle terras van een restaurant in de Haarlemmer Hout, waar de garage van de Ortskommandantur was geweest (op de plaats van de Ortskommandantur stond nu een nieuw bankgebouw), vertelde hij Sandra voor het eerst van zijn gesprek met Truus Coster, die nacht in de kelder onder het politiebureau in Heemstede, – en tegelijk bedacht hij, dat hij daar nog geen enkele keer terug was geweest, en dat hij dat ook nu niet zou doen. Sandra begreep niet, dat hij zo vriendelijk over haar sprak: of het soms niet eigenlijk haar schuld was geweest, wat er allemaal was gebeurd! Anton voelde een grote vermoeidheid in zich opkomen. Hij schudde zijn hoofd en zei: 'Iedereen heeft gedaan, wat hij heeft gedaan, en niet iets anders.' Op hetzelfde ogenblik wist hij zeker, dat Truus Coster dat woordelijk zo tegen hem had gezegd, of vrijwel woordelijk, – en meteen daarop, na bijna vijfendertig jaar, hoorde hij opeens haar stem, heel zacht en ver weg: '...hij denkt dat ik niet van hem houd...' Roerloos luisterde hij, maar het werd stil. Er kwam niets meer. Zijn ogen werden vochtig. Alles was er nog, niets was verdwenen. Het licht en de vrede tussen de hoge, rechte beuken, de strook kleinere bomen waar de tankwal had gelegen. Hier was hij met Schulz in de vrachtauto gestapt, terwijl het ijsnaalden regende. Hij voelde Sandra's hand op zijn arm; hij legde zijn eigen hand er op, maar hij durfde haar niet aan te kijken, omdat hij dan misschien zou gaan huilen. Zacht vroeg Sandra of hij haar graf wel eens bezocht had. Toen hij zijn hoofd schudde, stelde zij voor om dat dan nu te doen.

In een bloemenwinkel wilde Sandra eerst nog van

haar eigen geld een rode roos kopen, maar zij kwam naar buiten met een paarse, bijkans blauwe; de rode waren uitverkocht. Daarna reden zij naar de Erebegraafplaats in de duinen. Zij parkeerden de auto bij een paar andere, die er al stonden, en liepen over kronkelende paden omhoog in de richting van de vlag, die op de top van een duin wapperde. Hoorbaar was alleen het zoemen van insekten in de struiken en wat later het klapperen van de vlag.

In een ommuurde rechthoek lagen de paar honderd graven in overzichtelijke, rechthoekige perken, omgeven door smetteloos aangeharkt grint. Een man met een tuinslang stond te spuiten; hier en daar verzorgden oudere mensen bloemen op de graven, of zaten zacht te praten op een bank. Ook in de schaduw van een hoge muur met namen of teksten in brons zaten een paar mensen. Toen Anton niemand herkende, besefte hij dat hij had verwacht, Takes misschien hier te zien. Sandra vroeg de tuinman of hij wist, waar het graf van Truus Coster was. Zonder na te denken wees hij naar het perk, waar zij naast stonden.

Catharina Geertruida Coster
16.9.1920
† *17.4.1945*

Sandra legde haar blauwe roos op de grauwe steen en naast elkaar bleven zij er naar staan kijken. Het klapperen van de vlag in de stilte, en van het touw tegen de mast, was treuriger dan welke muziek. Daar beneden in het zand was het nu nog veel donkerder dan toen, dacht Anton. Hij keek rond over de mathematische overzichtelijkheid van de perken, waartoe de rotzooi van de oorlog hier was herleid, en hij dacht: – Ik moet naar Takes, als hij nog leeft, hem vertellen dat zij van hem gehouden heeft.

Maar toen hij de volgende middag op de Nieuwe Zijds Voorburgwal kwam, was 'd'Otter' afgebroken –kennelijk al sinds geruime tijd, want op de groengeteerde schutting zaten de aanplakbiljetten al in lagen over elkaar. Toen hij hem ook niet in het telefoonboek vond, liet hij het daarbij.

Pas twee jaar later, in 1980, op 5 mei, zag hij hem toevallig op de televisie, in een herdenkingsprogramma dat bijna afgelopen was toen hij inschakelde: een grijsaard met een witte baard en een indrukwekkend, verwoest gezicht, die hij uitsluitend herkende omdat zijn naam even werd geprojecteerd:

Cor Takes
verzetsman

'Schei toch uit met die onzin,' zei hij tegen iemand, die naast hem op een bank zat, 'het was alleen maar één grote puinhoop. Ik wil er eigenlijk helemaal niet meer over horen.'

Daarentegen zag Anton steeds vaker kleine witte bestelwagens in de stad, waarop met rode letters stond:

FAKE PLOEG SANITAIR BV

2

En zoals de zee ten slotte alles wat de schepen verloren hebben op de kust gooit—en de strandjutter
verzamelt het voor zonsopgang: zo verscheen die
oorlogsavond van 1945 nog eenmaal in zijn leven.

In de tweede helft van november 1981, op een za-
terdag, werd hij wakker van zo'n ondraaglijke kiespijn dat er onmiddellijk iets moest gebeuren. Om
negen uur belde hij de praktijk van zijn tandarts, die
hem al sinds meer dan twintig jaar behandelde, maar
daar kreeg hij geen gehoor. Na een aarzeling belde
hij zijn privénummer. De tandarts zei dat hij maar
een aspirientje moest nemen, want vandaag had hij
geen boodschap aan kiezen: straks ging hij demonstreren.

'Demonstreren? Waartegen?'

'Tegen de atoombewapening.'

'Maar ik verrek van de pijn!'

'Hoe kan dat zo ineens?'

'Ik heb het al een paar dagen aan voelen komen.'

'Waarom kom je dan niet eerder?'

'Ik zat in München, voor een congres.'

'Wisten de heren collega's van de anesthesie daar
niks tegen de pijn? Moet jij trouwens niet naar die
demonstratie?'

'Pardon? Spaar me alsjeblieft, dat is niks voor
mij.'

'Zo? Kiespijn wel? Moet je goed luisteren, vrind.

Ik demonstreer vandaag ook voor het eerst van mijn leven. Ik ben bereid je even te helpen, maar alleen onder voorwaarde dat jij ook meeloopt.'

'Ik doe alles wat je wilt, zak, als je me maar helpt.'

Om half twaalf moest hij naar de praktijk komen; zijn assistente was er weliswaar niet, die demonstreerde ook, maar hij zou wel zien.

Van het weekend in Gelderland, waar hij zich op verheugd had na Duitsland, kwam dus niets terecht. Hij zei tegen Liesbeth, dat zij maar alleen met Peter moest gaan, maar daar piekerde zij niet over. Als een verpleegster hield zij hem een schoteltje voor: er lag een rond filterblaadje van de koffiemachine op, met in het midden er van een dor bruin takje van een centimeter lang, dat met een miniem kelkje eindigde in een bolletje.

'Wat is dat?'

'Een kruidnagel. Die moet je in je kies stoppen. Dat deden ze in Indië altijd.'

De manier waarop hij haar plotseling tegen zich aan drukte, bijna in tranen leek het wel, vond zij wat overdreven:

'Kom, Ton, stel je niet zo aan.'

'Ik heb helaas geen gat in mijn kies, ik weet niet wat het is, maar ik zal hem opeten.'

Dat lukte niet, kauwen was uitgesloten. Gadegeslagen door Peter liep hij door het huis met open mond van pijn, als een gaper boven de deur van een drogist. Hij dacht aan de vredesdemonstratie, waaraan hij straks mee moest doen. Hij had er iets over gelezen, zij moest de grootste van Europa worden, maar het was niet in zijn hoofd opgekomen er aan mee te doen of er niet aan mee te doen: hij had er kennis van genomen, zoals van het weerbericht. Dat waren zo van die dingen. Het jaar tweeduizend naderde, de decimale angst sloeg toe, net als duizend jaar geleden. Atoombommen waren er voor de afschrikking, om niet gebruikt te worden en de vrede te bewaren. Werden die paradoxale dingen afgeschaft, dan werd de kans op een conventionele oorlog groter, met in het eindstadium daarvan toch weer atoomwapenen, die dan ook gebruikt zouden worden. Aan de andere kant voelde ook hij zich onbehaaglijk met de aankondiging van die oude man in Amerika, dat ook een beperkte kernoorlog denkbaar was, en wel in Europa, waar hij dan totaal zou zijn. Dat de oude man in Rusland vervolgens had gezegd, dat daar geen sprake van kon zijn, want dat hij in alle gevallen Amerika zou vernietigen, was een hele geruststelling voor hem geweest. Maar ook dat betekende, dat de atoomwapenen niet moesten worden afgeschaft.

Hij dronk de kamillethee, die Liesbeth vervolgens had gezet, en op de bank probeerde hij de tijd door te komen met een cryptogram. *Weet de Zonnegod geen duidelijker omschrijving van deze puinhoop?* Zes letters. Het was of hij ook niet kon denken als hij zijn kiezen niet op elkaar kon zetten. Hij tuurde er naar, maar ofschoon hij voelde dat het niet moeilijk kon zijn, kwam er niets in hem op. De tandarts had zijn praktijk niet ver van zijn vorige huis, en om elf uur besloot hij om er te voet heen te gaan.

Het was koel en betrokken. Met de pijn als een schroef in zijn kaak liep hij door steeds drukkere straten; in de verte cirkelde een helikopter. Wat verder reden geen auto's of trams meer, blijkbaar was het hele centrum afgesloten, zelfs de rijweg was gevuld met mensen die allemaal in dezelfde richting liepen, veelal met opgestoken spandoeken. Ook buitenlanders waren er bij; hij zag een groep krijgshaftige mannen met tulbanden, wijde broeken en koppelriemen, waaraan alleen de pistolen en kromzwaarden ontbraken, verjaagde koerden misschien, die lachend en zingend en in een soepele woestijnpas achter een spandoek met een arabische tekst marcheerden: als daarin werd opgeroepen tot de *Jihad*, de heilige oorlog, zou niemand het ooit weten. Weldra waren de straten zo vol als hij voor het laatst in mei '45 had gezien; grote drommen trokken uit alle richtingen naar het Museumplein. Het vooruitzicht, dat hij zich straks tussen al die mensen moest voegen, maakte zijn kiespijn nog erger. Wat kon er niet allemaal gebeuren als er paniek uitbrak, als provocateurs hun werk gingen doen, momenteel was alles mogelijk in Amsterdam! Afgezien van de helikopter in de lucht was gelukkig nergens politie te zien.

Bij de praktijk aangekomen, belde hij. Er werd niet opengedaan, en enigszins rillend van de kou (of wat het was) wachtte hij op de stoep. De Zonnegod was natuurlijk *Ra*, dat kon niet missen. *Radeloos? Raket? Rafaël? Ratelen?* Dat was de verwekking van de god. *Rapen?* Dat was het schrijfgerei van de Zonnegod, waarmee hij zijn omschrijvingen op schrift stel-

de... In de verte kruiste de menigte in een onafgebroken stroom de zijstraat, waar hij stond. Toen de
tandarts een paar minuten later aangewandeld
kwam met zijn horrelvoet, zijn vrouw aan zijn arm,
schoot hij in de lach.

'Je ziet er florissant uit!'

'Ja, lach jij maar,' zei Anton. 'Fraaie geneesheer
ben jij, Gerrit-Jan. Je patiënten chanteren.'

'Alles in dienst der mensheid. Geheel in de geest
van Hippocrates.'

Voor de gelegenheid had hij zich in feodaal jagers-
costuum gestoken: een groene loden jas, daaronder
een groene knickerbocker en donkergroene kousen.
Zijn klompschoen was nu duidelijker te zien dan
ooit. Toen zij in de behandelkamer kwamen, ging de
telefoon.

'O nee toch, het is niet waar,' zei Van Lennep.
'Niet nog een.'

Het was Liesbeth. Peter had alsnog de wens te
kennen gegeven, ook mee te demonstreren. Anton
zei, dat hij dan maar op de fiets hierheen moest komen en buiten wachten. Van Lennep had zijn jas
over het bureau van de assistente gegooid.

'Laat maar eens kijken, vrind. Welke is het?'

Terwijl zijn vrouw nog even naar de w.c. ging,
—want straks kon het niet meer,—richtte hij de lamp
op Antons mond en voelde met een vinger aan de
kies. Meteen ricocheerde de pijn door Antons hoofd.
Hij nam een grauw papiertje, legde het op de kies en
zei, dat hij voorzichtig zijn kaken op elkaar moest
zetten en zachtjes heen en weer bewegen. Hij keek

227

nog eens en nam zijn boor van de haak.

'Beroepshalve,' zei Anton, 'zou ik prijsstellen op een injectie.'

'Ben je gek. Niks aan de hand. Mond open.'

Anton verstrengelde zijn vingers, – en terwijl hij naar het grijze, opzij geborstelde haar keek, was er gedurende twee of drie seconden een gebeurtenis van pijn en kabaal, waarna Van Lennep zei:

'Doe maar dicht die mond.'

Het wonder was geschied. De pijn trok weg achter de horizon, verdween, alsof zij er nooit was geweest.

'Hoe kan dat in godsnaam?'

Van Lennep hing de boor weg en haalde zijn schouders op.

'Een kleine overbelasting. Hij was een beetje naar boven gekomen. Kwestie van leeftijd. Spoel maar even, dan gaan we.'

'Al klaar?' vroeg zijn vrouw verbaasd, toen zij de kamer binnenkwam.

'Vermoedelijk denkt hij,' zei Van Lennep met een scheve lach, 'dat onze afspraak nu niet meer geldt. Maar daar vergist hij zich in.'

Toen zij buiten op Peter wachtten, zei Anton:

'Weet je eigenlijk wel, Gerrit-Jan, dat dit de twee-de keer is dat je een politieke daad van mij eist? Het verschil is alleen, dat je hem nu zelf ook stelt.'

'Wat was de eerste keer dan?'

'Toen vond je, dat ik vrijwillig dienst moest nemen voor Korea, in de strijd van het christelijke avond-land tegen de communistische barbaren.'

Terwijl zijn vrouw een lach onderdrukte, keek

Van Lennep hem gedurende een paar seconden zwijgend aan. Een paar straten verder daverde een stem uit luidsprekers.

'Weet je wat het met jou is, Steenwijk? Jij hebt een veel te goed geheugen, jij. Jij bent hier de chanteur, als het er op aankomt. Ik ben helemaal geen communist geworden, als je dat misschien denkt. Hoe zou ik? Een kwartje wordt nooit een dubbeltje. Maar die kernwapens, die zijn nu het grotere gevaar voor de mensheid. Die moet je zien als een soort aanval uit *outer space*; die *gebruiken* de mensheid alleen maar. Elke nieuwe bewapeningsgolf wordt uitgegeven voor een reactie op de tegenpartij, die daar dan weer op reageert. Zo schuiven ze onafgebroken de verantwoordelijkheid naar elkaar toe, en zo stapelen die dingen zich op—en op een dag gaan ze af, dat is zo zeker als een huis. Dat is statistisch onvermijdelijk. Dat is net zo zeker als het feit, dat Adam en Eva op een dag van de Boom der Kennis zouden eten. Die appels moeten dus doorgedraaid worden.'

Anton knikte. Het betoog verblufte hem, maar tandartsen waren nu eenmaal gek, dat was algemeen bekend in medische kringen; misschien zat er trouwens wel wat in. Peter kwam er aan en zette zijn fiets op slot. Terwijl Anton naar hem keek, onder het ratelen van de helikopter en het gedaver in de verte, ontstond er een zoet gevoel in hem, dat hem tot zijn verbazing plotseling verbond met wat er gaande was in de stad.

Het laatste stuk naar de plaats van samenkomst kwamen zij bijna niet meer vooruit. Onder een gro-

te, zwarte ballon in de vorm van een neersuizende
raket stonden van het Concertgebouw tot het Rijksmuseum de tienduizenden, honderdduizenden met
hun borden en spandoeken van soms tien meter
breed, terwijl van alle kanten nog steeds de mensen
stratenbreed toestroomden. Uit luidsprekers aan de
bomen en lantarenpalen denderde een toespraak,
kennelijk gehouden op het podium in de verte, maar
het liet hem onverschillig wat er gezegd werd. Wat
hem opeens aanging waren al die mensen hier, hun
pure aanwezigheid, en hij en zijn zoon twee van hen.
Van Lennep had hij al uit het oog verloren, maar
het kwam niet in hem op er tussenuit te knijpen.
Even later was dat trouwens onmogelijk geworden.
Als twee halmen stonden zij in het korenveld van
mensen, de zwevende zeis boven hun hoofd, en van
Antons benauwdheid voor paniek was niets overge-
bleven. De mensen die het dichtst bij hem stonden,
vrijwel tegen hem aan, waren, behalve Peter, een
provinciale oudere dame met een doorzichtig hoofd-
doekje over een geonduleerd kapsel, een zware kerel
in een bruinleren jek met een bontkraag, getooid
met een grote snor en bakkebaarden, en een jonge
vrouw met een slapende baby in een draagdoek voor
haar borst. Die waren het, en niemand anders. Tussen de leuzen tegen de kernwapens las hij plotseling
op een klein bord:

JOB: HIER ZIJN ZE

Hij wees Peter er op en vertelde, wie Job was. Over de luidsprekers werd omgeroepen, dat in het laatste half uur tweeduizend autobussen Amsterdam waren binnengereden: dat betekende nog eens honderdduizend mensen. Gejuich, applaus. De stem meldde, dat uit de stations nog steeds duizenden mensen stroomden, aangevoerd met extra treinen; alle toegangsstraten tot het Museumplein zaten nu verstopt. Maar, dacht Anton, dat de stem van een mens zo luid gemaakt kon worden, had toch ook alles te maken met het bestaan van atoombommen. Veertig jaar geleden was het een noch het ander mogelijk, – wat er aan de gang was op aarde, was misschien nog veel verschrikkelijker en onoplosbaarder dan iedereen dacht…

Hoe lang hij daar stond, wist hij achteraf niet te vertellen. Peter zag een klasgenoot, nam afscheid en was al onzichtbaar geworden. Even, maar niet lang, dacht Anton aan de bunkers die hier ooit hadden gestaan, het Wehrmachtheim en rondom duitse instanties in de villa's, waar nu het amerikaanse consulaat was, de russische handelslegatie en de Société Generale. Politici werden toegejuicht, andere uitgefloten, – en ten slotte begon er voetje voor voetje beweging te komen in de massa. De officiële marsroute kon blijkbaar niet alle mensen verwerken, want naar verschillende kanten trokken nu demonstraties de stad in. Een vreemde euforie had bezit van Anton genomen, zonder opwinding; eerder iets droomachtigs, dat aansloot op iets van lang, lang geleden, nog voor de oorlog. Hij was niet meer bij zichzelf, maar bij al die mensen. Ondanks het kabaal hing een grote stilte over hen heen. Alles leek anders door hun aanwezigheid: niet alleen hijzelf maar ook de huizen met hun ramen, waaruit hier en daar witte lakens hingen, als in een stad die zich overgeeft, de overdrijvende grijze wolken, de wind, die de zwarte raketballon heen en weer dreef en nu en dan even knakte, waarna hij meteen rechtsprong.

BEDANKT VOOR DE TOEKOMST

Op de hoek van het plein stootte de demonstratie op een brede stroom, die eerst nog naar het uitgangspunt wilde. Beleefd lachend en zich excuserend liet iedereen iedereen passeren. Hij kreeg het te kwaad. De mensen waren helemaal niet zo onbeschaafd als hij dacht dat zij waren, of geworden waren, want nu waren zij niet zo – of waren dit precies degenen, die nog niet zo waren? Hij moest Van Lennep bedanken, dat hij hem hierbij betrokken had. Hij ging op zijn tenen lopen en keek om zich heen. Plotseling zag hij Sandra en riep hard haar naam. Zij zwaaiden en manoeuvreerden naar elkaar toe.

'Ik geloof mijn ogen niet!' riep Sandra al uit de verte. 'Steengoed, pa!' Zij gaf een zoen op zijn wang en stak haar arm door de zijne. 'Wat is er gebeurd met je?'

'Ik denk dat ik de enige ben, die er toe gedwongen is om hier te lopen, maar geleidelijk verander ik in een vrijwilliger. Dag Bastiaan.' Hij gaf haar vriend een hand: een knappe jongen in een spijkerbroek, op gymnastiekschoenen, een palestijnse *kaffia* om zijn nek en een gouden ringetje in zijn linker oor, – die hij niet erg mocht, maar die nu bezig was de vader van zijn kleinkind te worden. Sandra had op kamers gewoond, maar was sinds een paar weken bij hem ingetrokken, in een gebarricadeerd kraakpand. Nadat Anton had verteld hoe de zaak in elkaar zat, zei Bastiaan:

'Geloof maar niet dat jij de enige bent, die hier op bevel meeloopt. Het ritselt hier van de politie. Moet je kijken.'

Een groep soldaten was verschenen en werd met applaus begroet. Anton zag mensen, die bij de aanblik van de uniformen hun tranen niet konden bedwingen; als een kostbaar bloemstuk werden de triomfantelijke militairen beschermd door een reidans van jongens en meisjes. Anton begreep het niet.

'Worden die jongens gedwongen om mee te doen?' Hij ontmoette de ogen van een oudere vrouw die hem herkennend aankeek, een patiënte natuurlijk, en hij knikte vaag.

'Nee, oen! Hij daar.' Bastiaan wees op een man in een windjek, die de soldaten filmde. 'Politie.'

'Denk je werkelijk?'

'We moesten eigenlijk die camera uit zijn handen slaan.'

'Ja, doe dat vooral,' zei Anton. 'Daar wachten ze alleen maar op – op zoiets wat de zaak verziekt.'

'Per ongeluk natuurlijk,' zei Bastiaan met een valse lach, die Anton mateloos ergerde.

'Per ongeluk, ja. Gedraag jij je nou maar als de

begeleider van een zwangere vrouw. Ik wil nog wel graag grootvader worden, als het even kan.'

'O.K.,' zei Sandra met een zingende intonatie, 'het is weer zo ver... Adieu, pa, ik bel nog wel.'

'Dag schat, ga maar. En zorg dat je weg bent uit dat huis, tegen de tijd dat er een inval komt. Dag Bastiaan.'

Het was geen echte ruzie, maar de zoveelste opvoering van een wederzijdse irritatie, die al bijna een verplichting was.

Van Lennep was nergens meer te zien en Peter ook niet. Langzaam liet hij zich meevoeren door de stroom. Oude mannen en vrouwen op kleine balkons maakten met de vingers van beide handen het V-teken, dat zij zich uit de oorlog herinnerden; orkestjes liepen mee en ook overal op de trottoirs werd muziek gemaakt, zonder dat daar geld voor werd verlangd. De hele maatschappij stond kennelijk op losse schroeven. In zwarte maillots en veel te grote, glimmende colbertjes van de vlooienmarkt dansten uitgelaten punkers met geel en paars geverfd plukhaar op tramhuisjes, vertederd bekeken door al diegenen, die tot dat moment bang voor ze waren geweest. Uitsluitend in de lucht ging Nederland op de oude voet voort. Reclamevliegtuigen meldden, dat alleen Jezus vrede geeft, en voor ontwikkeling van kleurenfoto's binnen een uur moest men naar Kalverstraat nummer zoveel. Op het dak van een geparkeerde verhuiswagen zaten intussen twee vastberaden vijftienjarigen met hun eigen interpretatie van de vredesmars:

234

Daar werd met uitgestreken gezichten achter de hand gekucht; maar er waren ook spandoeken in het russisch, het woord MOCKBA er op. Bij alle zijstraten zag Anton, hoe zij in de verte gekruist werden door andere mensenstromen, soms op twee plaatsen, –er was langzamerhand iets ongelooflijks aan de gang. Ook in zijn eigen stroom bestonden afzonderlijke stromingen, want steeds zag hij andere mensen om zich heen. Halverwege de Stadhouderskade werd hij opeens opzijgedrukt door een rij zwarte, gemaskerde gestalten met ratels, die zich snel een weg naar voren baanden, fluorescerende skeletten op hun pak geschilderd, middeleeuwse pestlijders. Hij botste tegen iemand op en verontschuldigde zich: het was de vrouw, die hem daarstraks al had aangestaard. Zij glimlachte onzeker.

'Tonny?' vroeg zij aarzelend. 'Ken je me nog?'

Verbaasd keek hij haar aan: een kleine vrouw van een jaar of zestig, met bijna wit haar en heel lichte, iets uitpuilende ogen achter dikke brilleglazen.

'Neem me niet kwalijk... ik weet niet zo gauw...'

'Karin. Karin Korteweg. Je buurmeisje uit Haarlem.'

3

Het eerste was de *flits*, waarmee de grote, blonde vrouw uit 'Nooitgedacht' verouderde tot het dametje naast hem. Het tweede was radeloosheid.

'Als je niet met me praten wilt, moet je het zeggen,' zei zij snel. 'Ik ga meteen weg.'

'Nee—jawel...' hakkelde hij. 'Ik moet alleen even... Het overvalt me.'

'Ik heb je al een hele tijd gezien, maar als je niet tegen me aan was gebotst, had ik je nooit aangesproken. Heus.' Verontschuldigend keek zij naar hem op.

Anton probeerde zichzelf onder controle te krijgen. Hij rilde even. Zoals soms op een zomerdag aan zee plotseling een donkere, kille schaduw over het strand glijdt, was opeens die vervloekte oorlogsavond weer verschenen.

'Nee, laat maar,' zei hij. 'Nu we hier eenmaal lopen...'

'Het moest kennelijk zo zijn,' zei zij en haalde een sigaret uit haar tas, waarin het pakje openstond. Uit de palm van zijn hand zoog zij zich vuur toe en keek hem even aan. 'Net bij deze vredesmars...'

Het moest kennelijk zo zijn;—met een duistere blik stopte hij de aansteker in zijn zak, terwijl hij dacht: Maar dat Ploeg voor jullie huis lag, moest kennelijk niet zo zijn. Hij voelde het oude gif in zich opstijgen, het onafbreekbare gif: alsof het zo moest zijn, dat hij

voor *hun* huis lag. Stap voor stap liep hij naast haar.
Hij walgde. Hij kon makkelijk weg, maar hij wist
ook dat de vrouw naast hem misschien in groter nood
verkeerde dan hij zelf.

'Ik heb je meteen herkend daarstraks,' zei Karin.
'Je bent net zo groot als je vader geworden, en grijs,
maar op een of andere manier ben je helemaal niet
veranderd.'

'Dat hoor ik vaker. Of het een goed teken is, weet
ik niet.'

'Ik heb altijd geweten, dat ik je op een dag zou
ontmoeten. Woon je in Amsterdam?'

'Ja.'

'Ik sinds een paar jaar in Eindhoven.' Toen hij
bleef zwijgen, vroeg zij: 'Wat doe je van je vak, Tonny?'

'Ik ben anesthesist.'

'Echt waar?' vroeg zij verrast, alsof zij altijd al gewild had dat hij dat zou worden.

'Echt waar. En jij? Nog steeds in de verpleging?'

De gedachte aan zichzelf leek haar somber te maken.

'Al lang niet meer. Ik heb een hele tijd in het buitenland gezeten, daar heb ik met moeilijke kinderen
gewerkt. Hier later ook nog een paar jaar, maar nu
leef ik van de steun. Ik ben niet zo gezond...' Plotseling weer op enthousiaste toon vroeg zij: 'Was dat je
dochter, dat meisje waar je net mee praatte?'

'Ja,' zei Anton met tegenzin. Hij had het gevoel,
dat zij niets te maken had met dat deel van zijn leven
–dat het eerder bestond ondanks haar, dan dank zij
haar.

'Ze lijkt op je moeder, weet je dat? Hoe oud is ze?'

'Negentien.'

'Ze is in verwachting, hè? Je ziet het nog eerder aan haar ogen dan aan haar buik. Heb je nog meer kinderen?'

'Nog een zoon bij mijn tweede vrouw.' Hij keek rond. 'Die moet hier ook ergens zijn.'

'Hoe heet hij?'

'Peter,' zei Anton en keek Karin aan. 'Die is twaalf.' Hij zag dat zij schrok; om haar over de verwarring heen te helpen, vroeg hij: 'Heb jij kinderen?'

Karin schudde haar hoofd en staarde naar de rug van de vrouw vóór haar, die een oude man in een rolstoel duwde.

'Ik ben nooit getrouwd...'

'Leeft je vader nog?' Terwijl hij het vroeg, merkte Anton dat de vraag een sarcastische bijbetekenis had, die hij niet bedoelde.

Zij schudde weer haar hoofd.

'Al lang niet meer.'

Zwijgend schuifelden zij naast elkaar voort in de menigte. Het scanderen van de leuzen was even opgehouden, overal weerklonk nog muziek, maar in hun buurt zei niemand iets. Karin wilde er over praten, maar hij voelde dat zij er niet over durfde te beginnen. Peter... voorgoed zeventien; zou nu vierenvijftig zijn geweest. Meer dan aan zijn eigen leeftijd ontleende hij aan die rekensom het besef, hoe lang het allemaal geleden was. En nu ook aan die oudgeworden jonge vrouw, die naast hem liep, – die hem ooit opgewonden had, maar wier mooie benen met

de stroomlijn van vliegtuigvleugels de scherpe, tanige vorm van haar leeftijd hadden gekregen. Zij was
het, die Peter misschien voor het laatst had gezien.
Met de tegelijk angstige en opgeluchte gesteldheid
van een schrijver, die weet dat hij aan het laatste
hoofdstuk van zijn boek begint, zei hij:

'Karin, luister. Laten we er niet omheen draaien.
Jij wilt het kwijt en ik wil het horen. Wat is er die
avond precies gebeurd? Is Peter bij jullie naar binnen gevlucht?'

Zij knikte.

'Ik dacht dat hij ons dood kwam schieten,' zei zij
zacht, zonder haar ogen van de rug vóór haar af te
wenden. 'Om wat we gedaan hadden...' Heel kort
keek zij hem aan. 'Hij had een pistool in zijn handen.'

'Van Ploeg.'

'Dat heb ik later ook gehoord. Opeens stond hij in
de kamer, hij zag er vreselijk uit. We hadden alleen
een vetpotje aan, maar ik zag dat hij helemaal ver-
wilderd was.' Zij slikte even, eer zij verderging. 'Hij
zei dat we schoften waren, dat hij ons overhoop ging
schieten. Hij was radeloos. Hij wist niet wat hij moest
doen, ze zaten hem achterna en hij kon het huis niet
meer uit. Ik zei dat hij meteen dat pistool weg moest
doen, dat we het ergens moesten verstoppen, want
als ze straks kwamen zouden ze hem misschien voor
de moordenaar aanzien.'

'Wat zei hij toen?'

Karin haalde haar schouders op.

'Volgens mij hoorde hij het niet eens. Hij stond

maar met dat pistool te zwaaien en te luisteren of hij buiten iets hoorde. En mijn vader zei, dat ik mijn mond moest houden.'

Langzaam voortlopend, zijn handen op zijn rug, staarde Anton naar de straat en fronste even zijn wenkbrauwen.

'Waarom?'

'Ik weet niet. Dat heb ik hem niet gevraagd, hij wou later nooit meer spreken over die avond.' Zij zweeg even. 'Maar ze hadden Peter bij ons naar binnen zien gaan, ze zouden het huis doorzoeken en het pistool natuurlijk vinden. Dan zouden wij meteen als medeplichtigen tegen de muur gezet zijn, zo ging dat toen toch. Eerst uitzoeken hoe het precies zat met dat ding, zou er niet bij zijn geweest.'

'Je bedoelt dus,' zei Anton langzaam, 'dat het je vader goed uitkwam, dat jullie onder schot werden gehouden door degene, die de duitsers voor de dader zouden aanzien...' En toen Karin bijna onmerkbaar knikte: 'Maar daarmee maakte hij hem in hun ogen pas echt tot de dader.'

Karin gaf geen antwoord. Stap voor stap werden zij meegevoerd door de trage rivier. Uit een zijstraat kwam een groep kaalgeschoren jongens van een jaar of zestien, gekleed in zwartleren jeks, zwarte broeken en zwarte laarzen met ijzerbeslag op de hakken. Zonder iemand aan te kijken, drongen zij dwars door de optocht en verdwenen over de brug aan de andere kant.

'En toen?' vroeg Anton.

'Na een tijdje kwam die hele legermacht de kade

op. Hoe lang dat geduurd heeft, weet ik niet meer. Ik was doodsbang, Peter hield alsmaar dat kreng op ons gericht, en opeens was buiten al dat lawaai en geschreeuw. Ik had geen idee wat hij van plan was, ik denk dat hij het zelf ook niet wist. Het kan haast niet anders of hij moet geweten hebben, dat hij verloren was. Ik heb me zo vaak afgevraagd, waarom hij ons toen niet neergeschoten heeft. Hij had niets meer te verliezen op dat moment. Misschien toch omdat hij begreep, dat het uiteindelijk niet onze schuld was, – ik bedoel…' zei zij en keek naar hem op om te zien of zij kon zeggen, wat zij wilde zeggen, 'dat dat lijk ons niet meer toekwam dan jullie, of wie dan ook. Ik had gezien, dat hij het bij ons terug wilde leggen, en–'

'Dat weet ik helemaal niet,' viel Anton haar in de rede. 'Misschien wilde hij het wel bij de Beumers neerleggen. Je weet wel, meneer en mevrouw Beumer: dat waren oude mensen. Je vader was misschien met hem op de vuist gegaan.'

Karin zuchtte en streek over haar gezicht. Met een wanhopige blik keek zij Anton aan – en hij zag dat zij zag, dat hij nu eerst wilde horen wat er vervolgens was gebeurd, maar dat hij er niet naar zou vragen. Met een ruk van haar hoofd keek zij de andere kant op, alsof zij daar hulp zocht. Toen die er niet was, zei zij:

'O Tonny… Er moet een kier in de verduistering hebben gezeten, bij de tuindeuren, waardoor ze hem konden zien met zijn pistool. Opeens kwam er een schot door het glas. Ik liet me op de grond vallen,

241

maar ik geloof dat hij meteen geraakt was. Even later hadden ze de deuren ingetrapt en schoten nog een paar keer, met hun karabijnen op de grond gericht. Alsof ze op een beest schoten…'

Weet de Zonnegod geen duidelijker omschrijving van deze puinhoop? Dat was het dus. Anton legde even zijn hoofd in zijn nek en haalde diep adem, terwijl hij zonder iets te zien naar de wapperende lap achter een reclamevliegtuig keek. De vredesdemonstratie, waarin hij liep, was verder weg dan die gebeurtenis van zesendertig jaar geleden, waar hij niet bij was geweest. Die kamer, waarin hij Ganzebord had gespeeld met Karin – waarin Peter door een kier werd afgemaakt.

'En toen?' vroeg hij.

'Ik weet het niet precies meer…' Aan haar stem hoorde hij dat zij huilde, maar hij keek niet naar haar. 'Ik heb niet meer gekeken. Wij werden meteen de tuin in gesleurd, alsof er nog meer gevaren voor ons dreigden. Ik geloof dat we daar een hele tijd hebben gestaan in de kou. Ik herinner me alleen nog het glasgerinkel, toen ze bij jullie de ruiten insloegen. Er kwamen nog allerlei andere duitsers, die het huis in en uit liepen. Toen zijn we over de landjes weggebracht, daar stonden ook auto's. We moesten naar de Ortskommandantur, maar in de verte hoorde ik nog die verschrikkelijke knallen, toen ze jullie huis opbliezen…'

Zij stokte. Anton herinnerde zich, dat hij Korteweg gezien had in de Ortskommandantur: terwijl hij een gang kruiste. Het glas warme melk, de boterhammen met *Schmalz*... Hij voelde zich omgewoeld, als een kamer die door dieven overhoop is gehaald, maar tegelijk verscheen er een vlaag geluk bij die herinnering – die onmiddellijk vervloog bij de herinnering aan Schulz, zoals hij omgedraaid werd bij de treeplank van de vrachtauto... Hij kneep zijn ogen even stijf dicht en sperde ze open.

'Zijn jullie toen nog verhoord?'

'Ik werd apart verhoord.'

'Heb je toen verteld, hoe het zat?'

'Ja.'

'Wat zeiden ze toen ze hoorden, dat Peter er niets mee te maken had?'

'Ze haalden hun schouders op. Dat dachten ze al. Het pistool moest dat van Ploeg zijn geweest. Maar ze hadden intussen iemand anders gepakt, zeiden ze. Een meisje, als ik het goed begrepen heb.'

'Ja,' zei Anton, 'dat heb ik ook gehoord.' Hij deed vier passen, eer hij zei: 'Iemand van jouw leeftijd.' Hij dacht na. Hij moest nu alles weten en het dan voorgoed begraven, een steen er over wentelen en er nooit meer aan denken. 'Ik begrijp iets niet,' zei hij. 'Ze hadden toch gezien, dat Peter jullie bedreigde met dat pistool. Vroegen ze niet, waarom dat was?'

'Natuurlijk.'

'En wat zei je toen?'

'De waarheid.'

Hij wist niet of hij haar geloven moest. Aan de andere kant wist zij op dat moment vermoedelijk nog niet, dat zijn ouders het niet meer konden vertellen; ook hijzelf had het trouwens kunnen vertellen, maar niemand had hem er naar gevraagd.

'Dus dat Ploeg eerst bij jullie voor de deur lag?'

'Ja.'

'En dat jullie hem bij ons neergelegd hadden?'

Zij knikte. Misschien dacht zij, dat hij het haar nog eens wilde inpeperen, maar dat was niet zo. Gedurende een halve minuut zei geen van beiden iets. Naast elkaar liepen zij verder in de demonstratie en niet in de demonstratie.

'Was je niet bang,' vroeg Anton, 'dat ze jullie huis ook nog in brand zouden steken?'

'Hadden ze het maar gedaan,' zei Karin, alsof zij op die vraag had gewacht. 'Wat denk je hoe ik me voelde, na alles wat er gebeurd was? Als ze dat gedaan hadden, had ik een ander leven geleid. Op dat moment wilde ik het liefst, dat ze me doodgeschoten hadden, of dat Peter mij doodgeschoten had.'

Anton hoorde dat zij het meende. Hij had neiging haar even aan te raken, maar hij deed het niet.

'Wat zeiden ze toen ze het hoorden? Was de Ortskommandant er zelf ook bij?'

'Dat weet ik toch niet. Ik werd ondervraagd door een mof in burger. Eerst—'

'Had hij een litteken in zijn gezicht?'

'Een litteken? Volgens mij niet. Waarom?'

'Ga door.'

'Eerst zei hij alleen maar: "Das ist mir wurscht, wer wie wo was", zonder op te kijken. Ik weet het nog goed. Toen legde hij opeens zijn pen neer; hij kruiste zijn armen, keek mij een tijdje aan, en zei toen vol respect: "Gratuliere".'

Anton had de neiging, haar op zijn beurt te feliciteren met dat compliment, maar hij beheerste zich.

'Heb je dat aan je vader verteld?'

Met iets dromerigs in haar stem zei Karin:

'Hij heeft nooit geweten wat ik verteld heb, en ik niet wat hij verteld heeft. We zagen elkaar pas de volgende ochtend weer, toen we naar huis mochten. Eer ik iets had kunnen zeggen, zei hij: "Karin, hier praten we helemaal nooit meer over, begrepen?"'

'En je begreep het.'

'Hij heeft er nooit meer over gesproken, met geen woord, zijn hele leven niet. Ook toen we thuiskwamen, en die smeulende puinhoop zagen, en van mevrouw Beumer hoorden... ik bedoel, dat ook je vader... en je moeder...'

De vrouw die de man in de rolstoel duwde was verdwenen, opgenomen in een stroom die een andere bedding volgde. Aangevoerd door een vrouw met een megafoon werden er weer leuzen geyeld, begeleid door geklap in de handen, maar de onversterkte stemmen vielen in het niet. De meeste mensen liepen zwijgend verder, alsof vooraan een kist met een geliefde dode werd gedragen. Overal op de trottoirs stonden toeschouwers en bekeken de voorbijtrekkende stoet. Er heerste verschil tussen hen die liepen en hen die keken, iets kils, dat met oorlog te maken had.

'Een paar jaar na de oorlog,' zei Anton, 'was ik nog een keer bij de Beumers. Toen hoorde ik, dat jullie kort na de bevrijding verhuisd waren.'

'Geëmigreerd. Naar Nieuw-Zeeland.'

'Zo?'

'Ja,' zei Karin en keek naar hem op. 'Omdat hij bang voor jou was.'

'Voor mij?' zei Anton met een lachje.

'Hij zei dat hij een nieuw leven wilde beginnen, maar ik denk dat hij jou niet onder ogen wilde komen. Vanaf de eerste dag na de bevrijding heeft hij alles in het werk gesteld om weg te komen. Ik weet wel zeker, dat hij bang was dat jij op een dag, als je groot was, wraak zou komen nemen—ook op mij.'

'Nou vraag ik je!' zei Anton. 'Dat is zelfs nooit in mijn hoofd opgekomen!'

'Maar in het zijne. Een paar dagen na de bevrijding belde je oom bij ons aan, maar toen hij zei wie hij was, gooide mijn vader meteen de deur voor zijn neus dicht. Van dat ogenblik af had hij geen rust meer. Een paar weken later zijn we toen eerst bij een tante van me ingetrokken, in Rotterdam. Omdat hij in de haven allerlei relaties had, van vroeger, konden we al voor het eind van het jaar weg, met een vrachtschip. We waren misschien wel de eerste nederlandse immigranten in Nieuw-Zeeland.' Plotseling keek zij hem met een vreemde, koude blik aan. 'En daar,' zei zij, 'heeft hij in achtenveertig zelfmoord gepleegd.'

De schrik waarmee Anton dat hoorde, ging onmiddellijk over in een gevoel van instemming en bevrediging—alsof hij zich nu inderdaad gewroken had. Sinds drieëndertig jaar was de moordenaar van Peter gewroken. Wat zou Takes hiervan zeggen? Nog drie jaar na zijn schoten was er een dode gevallen.

'Waarom?' vroeg hij.

'Wat zeg je?'

246

'Waarom heeft hij zelfmoord gepleegd? Hij deed het toch uit lijfsbehoud? Misschien wel in de eerste plaats voor jou. Hij heeft alleen maar het toeval een handje geholpen.'

Ergens moest een opstopping zijn, zij kwamen bijna niet meer vooruit. Karin schudde haar hoofd.

'Niet?' zei Anton.

'Niemand dacht er toch aan, dat ze ook de bewoners zouden neerschieten. Dat was toch nog niet voorgekomen... Ons leven kwam pas in het geding toen Peter daar stond met dat pistool.'

'Dan begrijp ik het nòg niet. Hij had dus alleen maar liever dat ons huis in de fik ging dan het zijne, —*allright*, fraai is het niet maar wel begrijpelijk. Dat daarna alles uit de hand liep, kon hij toch niet voorzien. Het was toch niet zijn opzet, dat er doden zouden vallen. Ik kan me voorstellen dat hij wroeging had, of voor mijn part bang was... maar zelfmoord?'

Hij zag Karin slikken.

'Tonny...' zei zij, 'er is nog iets, dat je weten moet...' Zij stond stil, maar moest dan toch weer een stapje doen. 'Toen we die schoten gehoord hadden en Ploeg voor ons huis zagen liggen, was het enige dat hij zei: "O god, de hagedissen".'

Met grote ogen keek Anton over haar heen. De hagedissen... Was zoiets mogelijk? Kwam het door de hagedissen? Waren de hagedissen de uiteindelijke schuldigen?

'Je bedoelt,' zei hij, 'zonder die hagedissen was het niet gebeurd?'

In gedachten pakte Karin een haar van zijn schouder en liet het op straat vallen door haar duim en wijsvinger tegen elkaar te wrijven.

'Ik heb nooit begrepen, wat ze voor hem betekenden. Iets van eeuwigheid en onsterfelijkheid, iets van een geheim, dat hij op een of andere manier in ze bezat. Ik weet niet hoe ik het zeggen moet. Zoals kleine kinderen ook altijd een geheim hebben. Urenlang kon hij net zo roerloos naar ze kijken als zij zelf waren. Het had iets met de dood van mijn moeder te maken, denk ik, maar vraag het me niet, want ik weet het niet. Als je eens wist, met hoeveel moeite hij ze in leven heeft gehouden tijdens de hongerwinter: dat was vrijwel het enige, dat hem nog interesseerde in de wereld. Misschien gaf hij wel meer om die beesten dan om mij. Zij waren zoiets als zijn laatste houvast.'

De stoet stond nu volledig stil. Doordat de afgesplitste demonstraties geleidelijk aansluiting zochten bij de hoofdgroep, raakte de route steeds meer verstopt. Zij stonden nu vlak achter een breed spandoek, dat niet strak gehouden werd en hun uitzicht naar voren belemmerde.

'Maar toen het allemaal gebeurd was,' ging Karin verder, 'Peter dood, en je ouders, toen werden het misschien plotseling gewoon hagedissen voor hem, gewoon een stel dieren. Meteen toen we terugkwamen van de Ortskommandantur heeft hij ze allemaal doodgetrapt. Ik hoorde hem als een gek te keer gaan, boven. Daarna deed hij de deur op slot en ik mocht er niet meer in. Pas weken later heeft hij zelf de boel opgeruimd en wat er van ze over was in de tuin begraven.' Karin maakte een onzeker gebaar. 'Misschien was dat het besef, waarmee hij niet leven kon: dat er drie mensen gestorven waren als gevolg van zijn liefde voor een stel reptielen. En dat jij hem dus wel vermoorden zou, als je de kans kreeg.'

'Hoe kan dat?' zei Anton. 'Ik wist het niet eens.'

'Maar ik wist het. En hij wist, dat ik het wist. Daarom moest ik met alle geweld mee naar de andere kant van de wereld, hoewel ik helemaal niet wou. Maar uiteindelijk had hij jou helemaal niet nodig om vermoord te worden. Jij zat in hemzelf.'

Anton voelde zich misselijk worden. De verklaringen waren bijkans nog gruwelijker dan de werkelijkheid. Hij keek naar Karins gezicht, dat nog behuild was van daarstraks. Hij moest nu bij haar vandaan, haar nooit meer zien – alleen één ding moest hij nog weten. Zij was nog aan het praten, maar nauwelijks nog tot hem:

'Hij was een doodongelukkige man. Als hij niet met zijn hagedissen bezig was, zat hij in atlassen te staren. De route naar Moermansk, amerikaanse konvooien... Hij was te oud om te proberen naar Engeland te vluchten, zodat –'

'Karin,' zei Anton. Zij zweeg en keek hem aan. 'Jullie zaten thuis. Jullie hoorden die schoten. En toen jullie Ploeg zagen liggen, gingen jullie naar buiten om hem te versjouwen, nietwaar?'

'Ja. Mijn vader overdonderde me. Hij nam het besluit binnen een seconde.'

'Luister. Op een gegeven ogenblik hadden jullie hem elk aan een kant vast: je vader aan zijn schouders, jij aan zijn voeten.'

249

'Heb je dat gezien?'

'Daar gaat het niet om. Ik wil maar één ding weten: waarom hebben jullie hem toen bij ons neergelegd, en niet bij Aarts, aan de andere kant?'

'Dat wou ik, dat wou ik!' zei Karin plotseling opgewonden, terwijl zij haar hand op Antons arm legde. 'Het sprak voor mij vanzelf, dat hij niet bij jullie
terecht moest komen, bij jou en Peter, maar bij Aarts,
die maar met hun tweeën waren en die ik eigenlijk
helemaal niet kende. Ik deed al een stap hun kant
op, maar toen zei mijn vader: "Nee, niet daarheen,
daar zitten joden".'

'Christus!' riep Anton en greep naar zijn hoofd.

'Ja, ik wist het ook niet, maar mijn vader kennelijk
wel. Er zat een jong gezin met een klein kind onder-
gedoken, al sinds drieënveertig. Op bevrijdingsdag
heb ik ze voor het eerst even gezien. Als Ploeg daar
was komen te liggen, waren die mensen er in elk geval aangegaan. Zij zullen ook wel gezien hebben wat
we deden, maar ze hebben nooit geweten hoe het
zat.'

De Aartsen, aan wie iedereen de pest had omdat
zij zich met niemand bemoeiden: zij hadden drie joden het leven gered, en die joden—door bij hen te
zijn—het hunne! Behalve alles was Korteweg ook
nog een goed mens geweest! Daardoor was het lijk
van Ploeg aan de andere kant terechtgekomen, bij
hen, zodat... Anton verdroeg het niet langer.

'Dag Karin,' zei hij. 'Neem mij niet kwalijk, ik...
Het ga je goed.'

Zonder op antwoord te wachten, haar hulpeloos

achterlatend, wendde hij zich af en drong tussen de mensen, met slingers en kronkels, als om er zeker van te zijn dat zij hem niet terug zou vinden.

4

Het duurde even eer hij zichzelf weer in zijn macht kreeg, maar niet lang. Hij kwam in een gedeelte dat nog bewoog, of wederom, en liet zich meevoeren. Het was of al die honderdduizenden hem hielpen, die eindeloze stroom menselijk leven, die hij op de bruggen over de grachten vóór en achter zich zag, nog steeds aanzwellend met grote groepen die uit de zijstraten opdoken. Plotseling voelde hij een hand in de zijne. Het was Peter, die lachend naar hem op-keek. Hij lachte terug, maar hij merkte dat zijn ogen begonnen te branden. Hij boog zich naar hem over en drukte zonder iets te zeggen een kus op zijn war-me kruin. Peter begon tegen hem te praten, maar wat hij zei, hoorde Anton niet.

Was iedereen schuldig en onschuldig? Was de schuld onschuldig en de onschuld schuldig? De drie joden... Zes miljoen waren er afgemaakt, twaalf keer zo veel mensen als hier liepen; maar door in levens-gevaar te verkeren hadden die drie mensen twee an-dere mensen en zichzelf gered, zonder het te weten, en in plaats van zij waren zijn vader en zijn moeder en Peter gestorven, door toedoen van hagedissen...

'Peter?' zei hij,—maar toen de jongen naar hem opkeek, schudde hij alleen lachend zijn hoofd, waar-op Peter teruglachte. Op hetzelfde moment dacht hij: *ravage*, natuurlijk, *ravage*,—zo luidde de vage om-schrijving van de Zonnegod.

En toen zij ter hoogte van de Westerkerk waren, op weg naar de Dam, weerklonk plotseling ver achter hen en heel zacht een afschuwelijke, massale schreeuw, die dichterbij kwam. Geschrokken draaide iedereen zich om. Wat gebeurde er? Er mocht nu niets gebeuren! Het was onmiskenbaar een angstschreeuw, die niet ophield en steeds meer naderde. Toen hij hen bereikte was er nog steeds niets gebeurd, maar iedereen begon opeens ongearticuleerd te schreeuwen, – ook Peter, en ook Anton. Even later was de schreeuw hen voorbij en verplaatste zich naar voren, hen lachend achterlatend. In de bocht van de Raadhuisstraat stierf zij weg. Zonder resultaat probeerde Peter het even later nog eens te ontketenen. Maar een paar minuten later kwam de schreeuw er van achteren weer aan, passeerde hen weer en verdween in de verte. Anton begreep, dat zij zich door de hele stad verplaatste, – de eersten waren alweer terug op het Museumplein, de laatsten nog niet vertrokken, – zij rende in het rond, iedereen schreeuwde lachend, maar het was een angstschreeuw, een archaïsche grondzee van de mensheid, die hen gebruikte om zich te vormen.

Maar wat doet het er toe? Het is allemaal vergeten. De kreten sterven weg, de golven trekken glad, de straten raken leeg en het wordt weer stil. Een lange, slanke man loopt met zijn zoon aan zijn hand in een demonstratie. Hij 'heeft de oorlog meegemaakt', nog net, als een van de laatsten. Tegen zijn zin is hij er bij betrokken, bij die demonstratie, en even glinstert er iets in zijn ogen, alsof hij dat een grappig denkbeeld vindt. En met zijn hoofd een beetje schuin, als iemand die iets hoort in de verte, laat hij zich meenemen door de stad naar het vertrekpunt; met een korte beweging gooit hij zijn sluike grijze haar naar achteren, zijn schoenen sloffen en het is of zij wolkjes as opwerpen, ofschoon nergens as te zien is.

Amsterdam, januari-juli 1982

Inhoud

Van Harry Mulisch verscheen:

POËZIE

Woorden, woorden, woorden, 1973

De vogels, 1974

Tegenlicht, 1975

Kind en kraai, 1975

*De wijn is drinkbaar dank zij het
glas,* 1976

Wat poëzie is, 1978

De taal is een ei, 1979

Opus Gran, 1982

Egyptisch, 1983

De gedichten 1974-1983, 1987

ROMANS

archibald strohalm, 1952

De diamant, 1954

Het zwarte licht, 1956

Het stenen bruidsbed, 1959

De verteller, 1970

Twee vrouwen, 1975

De aanslag, 1982

Hoogste tijd, 1985

De elementen, 1988

VERHALEN

Tussen hamer en aambeeld, 1952

Chantage op het leven, 1953

*De sprong der paarden en de zoete
zee,* 1955

Het mirakel, 1955

De versierde mens, 1957

Paralipomena Orphica, 1970

De grens, 1976

Oude lucht, 1977

De verhalen 1947-1977, 1977

De gezochte spiegel, 1983

De pupil, 1987

Het beeld en de klok, 1989

Voorval, 1989

THEATER

Tanchelijn, 1960

De knop, 1960

Reconstructie, 1969
   (in samenwerking met
   Hugo Claus e.a.)

Oidipous Oidipous, 1972

Bezoekuur, 1974

Volk en vaderliefde, 1975

Axel, 1977

Theater 1960-1977, 1988

STUDIES, TIJDSGESCHIEDENIS,
AUTOBIOGRAFIE ETC.

Manifesten, 1958

Voer voor psychologen, 1961

De zaak 40/61, 1962

Bericht aan de rattenkoning, 1966

Wenken voor de Jongste Dag, 1967

Het woord bij de daad, 1968

Over de affaire Padilla, 1971

De Verteller verteld, 1971

Soep lepelen met een vork, 1972

De toekomst van gisteren, 1972

Het seksuele bolwerk, 1973

Mijn getijdenboek, 1975

Het ironische van de ironie, 1976

Paniek der onschuld, 1979

De compositie van de wereld, 1980

De mythische formule, 1981
   (samenstelling Marita Mathijsen)

Het boek, 1984

*Wij uiten wat wij voelen, niet wat
past,* 1984

Het Ene, 1984

Aan het woord, 1986

*Grondslagen van de mythologie van
het schrijverschap,* 1987

Het licht, 1988

De zuilen van Hercules, 1990

Op de drempel van de geschiedenis, 1992